Die blaue Tasche

Karl Hackelbusch

© 2021 Karl Hackelbusch
Umschlaggestaltung und Satz: Karl Hackelbusch
Gesetzt mit LaTeX 2_ε

Herstellung und Verlag: BoD - Books on Demand, Norderstedt

Printed in Germany

Die Deutsche Nationalbibliothek verzeichnet diese Publikation in der
Deutschen Nationalbibliografie, detaillierte bibliografische Daten sind im
Internet unter www.dnb.de abrufbar.

ISBN 978-3-7534-0353-3

Erzählung

BEIM Frühstück erheiterte mich der Gedanke, vor meinem Erwachen bereits aufgewacht zu sein. Diese kleine, erträumte Zeitverschiebung eröffnete mir eine reflektierende Nabelschau, ein Experiment, das übertragen auf die Realität einen direkten Bezug zur Relativitätstheorie Einsteins hatte: Es nutzte den unterschiedlichen Ablauf der Zeit. Zumindest bildete ich mir diese Verknüpfung ein, denn wirklich verstanden hatte ich den Physiker nie. Ohne etwas von ihm gelesen zu haben, versuchte ich lediglich Berichte über seine Erklärung der Naturgesetze nachzuvollziehen. Schon daran war ich gescheitert. Allein die Existenz der Theorien Einsteins vermittelte mir das Gefühl, meine Wunschvorstellung sei beweisbar, sei mehr als eine Illusion oder ein Trugbild und ich wäre folglich auch kein verschrobener Spinner, denn schon seit früher Kindheit reizten mich diese Gedankenspiele und beflügelten meine Phantasie: Als ich während meiner Schulzeit im Chemieunterricht die der Anschauung dienenden Molekülmodelle kennenlernte, bemühte ich mich, meiner Großmutter an ihrer Struktur das Wesen der Unendlichkeit zu vermitteln, indem ich ihr vorstellte, unsere Erde sei eben auch das Element einer derartigen Verbindung und bilde mit anderen Himmelskörpern ein Molekül. Meine Großmutter verweigerte sich der erklärenden Darstellung, dass sich diese molekularen Strukturen sowohl in immer größeren als auch umgekehrt in immer kleineren Einheiten fortsetzten und ohne Ende wachsend und schrumpfend das Abbild nicht nur der Unendlichkeit, sondern auch der Ewigkeit und damit der Aufhebung der Zeit seien. Um sich nicht mit meinen Phantastereien abmühen zu müssen, bat sie mich zur Ablenkung, doch einmal nach ihrem stehen gebliebenen Regulator zu sehen: Seine Reparatur würde ihr wieder einen realistischen Zeitbezug ermöglichen.

Den brauchte ich jetzt auch, denn ein Blick auf die Küchenuhr mahnte mich zur Eile: Mein Bus würde nicht warten! Aus Kostengründen fuhr ich kein Auto und die Befürchtung durch Regen und Wind zur Arbeit zu müssen, beschleunigte meine Bewegungen. Hektisch und fahrig brauchte ich für meine üblichen Morgenverrichtungen, zumindest gefühlt, viel länger, als wenn ich ruhig geblieben wäre. Selbst die objektiv messbare Zeit war also unterschiedlich lang: Rannte ich zum Bus, verflog sie, wartete ich an der Haltestelle auf ihn, schien sie kein Ende zu nehmen. Einige der Fahrgäste, die zusammen mit mir den Bus besteigen oder schon mit ihm bis zur Haltestation gefahren sein würden, müssten ähnliche Eindrücke beim Verrinnen der Zeit bis zu seinem Halt am Wartehäuschen empfinden, während die restlichen Passagiere sich ihrer wahrscheinlich überhaupt nicht bewusst würden.

Das Phänomen der Wandelbarkeit der auf dem Zeitstrahl voranschreitenden Zeit, von schnell verfliegend, über klebend langsam, bis zum gänzlichen Abhandenkommen, wird von der Zeitmessung nicht erfasst. Die Stoppuhr ermittelt nur eine Dimension der Zeit und ist deshalb ein eingeschränktes Modell ihres wahren Wesens, wie auch die Moleküldarstellungen allein eine Näherung an die atomare Wirklichkeit vermitteln können.

Die von mir ersonnene, klitzekleine Zeitverschiebung entpuppte sich als realistisch, weil dieselbe Zeit langsamer und schneller verstreichen konnte, Vergangenes und Künftiges umfasste, eben unendlich war. Die Zeit als ruhende, allumfassende Wirklichkeit, in der sich die Phase unserer hektischen Zeiteinteilung wie ein Anachronismus verlor.

Mechanisch stieg ich mit den ebenfalls Wartenden in den Bus, die eilig aus dem Unterstand zum zischend aufgeschobenen Eingang drängten, dabei ihre Zigaretten entweder einfach auf das Pflaster warfen, wo ihre Glut auseinanderhüpfend kleine Feuerbälle in die regenfeuchte Morgendämmerung zauberte, oder die Kippen austraten, auch die Stummel mit leichten Tritten in den Gulli am Bordstein beförderten, selbst pedantisch die Glimmstengel am Papierkorb ausdrückten und dann hineinwarfen, um, wie einem ungeschriebenen Gesetz folgend, stets dieselben Sitze im Fahrzeug einzunehmen. So wusste ich, dass auch an diesem Morgen der Zeitungsleser mit seiner speckigen Aktentasche mir schräg gegenübersitzen, etwas weiter hinten die korpulente junge Frau ihren Einkaufskorb neben sich auf den Sitz stellen und ein Butterbrot auspacken, sowie der schlaksige Mann mir vis-à-vis, mit den Kopfhörern seines mp3-Players im Ohr zumindest akustisch von seiner Umgebung isoliert, sich auf den Sitz lümmeln würden und konnte ungestört weiter meinen Gedanken nachhängen, ohne mich mit Begrüßungen oder seichten Unterhaltungen abgeben zu müssen, die von allen Pendlern nicht erwartet und offenbar auch nicht gewünscht wurden.

Mein zur Analyse des wahren Wesens der Zeit eingesetzter Trick verbot sich eigentlich, vermengte ich doch nachweisbare Tatsachen mit subjektivem Empfinden. Dennoch schien er mir legitim, war doch das Gefühl ohne Zweifel Teil der Natur und musste ebenso wie die physikalisch nachweisbare Form der Zeit zu ihrer vollständigen Erfassung herangezogen werden dürfen, selbst wenn ich mich damit außerhalb wissenschaftlicher Grundsätze bewegte. Es waren einfach von mir ersonnene, plausibel scheinende Antworten, die den Schreck des Zerfließenden, die Furcht vor dem Vergänglichen, mit der sich in ihnen offenbarenden Auflösung der Zeit im Unendlichen, verscheuchten. Einzelne Zeitspannen wurden bedeutungslos und mit Genugtuung kristallisierte sich eine bisher vermisste Gerechtigkeit heraus, erwiesen sich unterschiedliche Lebenserwartungen der Geschöpfe plötzlich als gleichwertig: Egal ob der intelligente Oktopus in den Gewässern vor Großbritannien nur zwei oder die behäbige Mee-

8

resschildkröte im Pazifik über 100 Jahre durch die Wellen schwamm.

Inzwischen warf der Sturm den Regen mit Wucht gegen die Busfenster und auf den verschmutzten Scheiben haftete ein wässriger, langsam nach unten sinkender Film, hinter dem im Morgengrau die dunklen Konturen des Straßenzugs verschleiert vorbeizogen und auf dem um diese frühe Stunde das Licht der Straßenlaternen, der Autos und der bereits beleuchteten Wohnungsfenster sternförmig ausfranste und die Sicht nach draußen erschwerte.

Obwohl ein paar besonders heftige Böen den Bus leicht ins Schwanken brachten und das von der Straße in die Radkästen spritzende Wasser hell rauschend aus dem unruhigen Heulen des Sturms herausklang, brummte er, unwirklich sicher, gleichförmig durch das an seiner Karosserie wie an einem Faradayschen Käfig endende Unwetter, bis er zur Seite schwenkend in der nächsten Haltebucht ausrollte. Die Türen flogen auf und kalte Feuchtigkeit zog zwischen die Sitze, unmittelbar gefolgt von neuen, pitschnassen Fahrgästen, die, schmutzige Spuren auf dem grauen Gummibelag des Bodens und Wassertröpfchen an den Haltegriffen hinterlassend, zu den freien Plätzen eilten und den Raum augenblicklich mit Geräusch und Geruch nach kaltem Schweiß füllten.

Gerade noch rechtzeitig beim Bus angelangt, quälte sich vor seinem Einstieg eine Mutter, um ihren

9

Kinderwagen ins Innere zu wuchten. Der Mann mit den Ohrhörern bemerkte sie nicht und ich, der Tür am nächsten, sprang deshalb hinaus, hob und schob den Buggy, den sie jetzt drinnen auf den Stufen nach oben zog, war augenblicklich nass bis auf die Haut und plötzlich fast blind, weil der Sturm mir meine rutschende Brille von der Nase riss, suchte hilflos nach ihr, die Tür schlug zu und der Bus setzte seine Fahrt ins Gewerbegebiet fort. Vor Wut stampfte ich mit dem rechten Fuß, gewahrte noch rechtzeitig das Nickelgestell auf dem Gehweg, bückte mich, fand sogar das herausgesprungene Brillenglas, das sich leicht in den Rahmen zurückdrücken ließ, und flüchtete aus dem niederprasselnden Regen in das Wartehäuschen. Nach dem eingerissenen Fahrplan an der mit Graffiti beschmierten, gesprungenen Glaswand des Unterstands war die Ankunft des nächsten Busses in einer Stunde zu erwarten. Es zog. Ich fror. Mit dem Handy rief ich ein Taxi.

Ein Griff hätte gereicht, um meine Brille hochzuschieben und ich säße zwar nass, aber wenigstens warm im Bus auf dem Weg ins Büro, musste ich mir eingestehen und erkennen, dass meine These über das Wesen der Zeit zwar logisch, aber wirklichkeitsfremd war.

Wo waren sie, die Wurmlöcher, Zeitmaschinen oder übersinnlichen Fähigkeiten, um in die Vergangenheit oder die Zukunft, nur für eine Sekunde, zu gelangen und einzugreifen?

Es gab kein Entrinnen aus der Gegenwart! Nicht für die Dauer eines Wimpernschlags! Der erträumbare, jedem Lebewesen mögliche Zeitensprung erzwänge beim Verlassen einer Zeitebene auf dieser eine Lebensgemeinschaft ohne den Wechselnden und es wäre auch jeder Neuankömmling auf ihr zu integrieren. Die geschichtliche Struktur würde sich auflösen und damit die Geschichte und das Leben enden. Selbst die aus der unteilbaren Unendlichkeit gefolgerte Gerechtigkeit erwies sich als illusionär und ihr Gegenstück zeigte sich als wesentlicher Baustein unseres Lebens. Wie zur Bestätigung war ich gerade für meine Hilfsbereitschaft abgestraft worden, lamentierte ich, als auf der Gegenfahrbahn ein Taxi seine Fahrt verlangsamte, wendete, auf den Bürgersteig direkt bis vor die Haltestelle fuhr und ich im Fond auf den mit einer transparenten Folie, zur Schonung der Polster, bespannten Rücksitzen Platz nehmen konnte, ohne erneut durch den Regen zu müssen. Dankbar nannte ich der Fahrerin mein Ziel: „Zur Ringel-Services in der Schmiedestr. 11, bitte."
Worauf diese mir trocken antwortete: „Geht nicht", sich umdrehte, dabei den am Fahrzeugschlüssel hängenden, pinken Plüschpanter in heftige Schlingerbewegungen versetzte, mich mit ihren irritierend grünen Augen direkt ansah und mit einem Verständnis heischenden Lächeln erklärte: „Was meinen Sie, weshalb ich so schnell bei diesem Mistwetter hierhergekommen bin? An der Arthur-Schnitzler-Brücke hat

der Sturm den Ausleger eines Baukrans runtergerissen, der jetzt quer auf der Straße liegt und den Verkehr über den Fluss blockiert. Ich musste umkehren. Wenn Sie trotzdem noch ins Gewerbegebiet wollen, könnte ich mit Ihnen bis zur Grüntalbrücke fahren. Das wären rund zweihundertvierzig Kilometer mehr. Haben Sie die Zeit und möchten Sie das bezahlen? Bevor wir Ihr Ziel erreichen, ist die Sperrung vielleicht schon wieder aufgehoben."

Die aus diesem wunderschönen Mund freundlich vorgetragenen Nachrichten empfand ich als ätzende Ironie und gewahrte plötzlich ihre pustelige Haut, die struppig vom Kopf in alle Richtungen strebenden langen, rostroten Haare und ihre sich farblich mit dieser Pumucklperücke und dem taumelnden Panter beißende, tiefdunkelviolette Fleecejacke. Unnötig schroff erwiderte ich: „Ich muss erst telefonieren", hatte schon mein Handy vor Augen, als sie sich abwandte und hörte, trotz des tosenden Sturms und der sich über das Wagendach ergießenden Sturzbäche, wie sie missmutig mit ihren langen Fingern auf das Lenkrad trommelte. Endlich nahm Schuchardt ab. Ungehalten über meine vermutlich deutliche Verspätung und sarkastisch meine Entschuldigung verlachend, hielt er mir vor, dass er es auf keinen Fall akzeptieren könne, wenn ich heute bei der Präsentation des Petermann-Projekts fehlen würde. Schließlich sei meine Frau, die auch mit der Linie 6 gefahren sei, pünktlich erschienen. Käme ich nicht bis 9

Uhr, habe das Konsequenzen. Er brach das Gespräch ab und ich fragte verunsichert in Richtung der mir jetzt den Rücken zukehrenden Rothaarigen: „Können Sie mich vielleicht in die Baumschulen-Allee 130 bringen?"

Ohne zu antworten, legte sie den Gang ein, wendete und fuhr mit heftig hin- und herschwenkenden Wischerblättern im Schneckentempo zu meiner Wohnung. Die Fahrt über die Grüntalbrücke konnte ich mir sparen: Wir würden, sogar wenn das Wetter aufklarte, bei einer einzukalkulierenden Fahrzeit von mindestens drei Stunden nicht rechtzeitig zum vorgegebenen Termin bei der Firma ankommen. Aber vielleicht konnten die Trümmer des Krans tatsächlich schnell beiseitegeräumt und die wichtige Verbindung zum Gewerbegebiet wieder hergestellt werden, was ich jetzt inständig hoffte, dann war es sinnvoll, mir bis dahin erst einmal trockene Sachen anzuziehen.

Vor dem Haus angekommen, bat ich sie, auf mich zu warten.

„O.k., wenn Sie mich auf die Toilette lassen und einen Kaffee spendieren", erwiderte sie bierernst, sprang aus dem Wagen, hob eine schwere, blaue Tasche aus dem Kofferraum und flüchtete vor dem Regen in den Flur, wo ich ihr bereits die Tür aufhielt und mich zusammenreißen musste, um nicht über ihre grüne Leggins und die orangen Turnschuhe mit weißen Sohlen zu spötteln, die kombiniert mit der Fleecejacke und von ihrer Haarpracht bekrönt, unpassende Farbtöne anhäuften, in die sie hochgewachsen eingehüllt, platt wie ein Bügelbrett und über den linken großen Zeh laufend, einem quietschbunten Paradiesvogel gleichend, meine angebotene Hilfe beim Tragen abwehrte und lieber allein ihr Gepäck bis zu meiner Wohnung im dritten Stock schleppte.

Beim Öffnen der Wohnungstür wusste ich, warum diese Zufallsbegegnung mir unangenehm war: Ich hatte ewig nicht aufgeräumt, schon gar nicht saubergemacht und noch viel schlimmer: Die abgewetzte Tasche der Bunten beunruhigte mich. Wollte sie sich etwa bei mir einnisten?

Mit lautem Klacken ließ sie die Reisetasche auf den PVC-Belag fallen, aufgescheuchte Wollmäuse wuselten davon, und verschwand durch die Tür zum Bad. Vorsichtig hob ich die Tasche an: Für Klamotten war sie viel zu schwer. Es war erstaunlich, wie die Fremde sie mit ihren spindeldürren Armen mühelos heraufgetragen hatte. Ich zog mich um und fand danach meine Besucherin in der Küche, wo sie sich, einen Turnschuh vor den andern setzend, die Zeit damit vertrieb, mein angehäuftes Chaos leicht belustigt zu betrachten. In zwei noch saubere Tassen schüttete ich Instantpulver, goss mit heißem Wasser aus dem Boiler auf, schob eine Ecke auf dem Tisch frei und wir konnten uns setzen, um das Gebräu zu trinken. Plötzlich verzog sie ihren Mund zu einem

14

Grinsen. Ihre herrlichen Zähne blitzten, als sie mit langem Zeigefinger zum Fenster wies: „Was haben Sie denn da für seltsame Blumentöpfe?"

Ich drehte mich in die vorgegebene Richtung und wusste, bevor ich auf die Fensterbank vor der schmutzblinden Scheibe sah, dass sie sich über die drei roten BHs mit Swarovski-Applikationen lustig machte, die selbst bei diesem trüben Wetter funkelten und die ich dort abgelegt hatte, weil ich gerade keinen besseren Platz fand, und antwortete leicht gereizt, denn ich unterstellte ihr eine ironische Anspielung auf meine sich dort scheinbar offenbarenden Neigungen: „Es gibt auch Leute, die schleppen schwere Taschen in den dritten Stock, obwohl sie die bequem im Auto hätten liegenlassen können." –

„Entschuldigung, war nicht so gemeint! Das mit der Tasche ist schnell erklärt: Sie gehört nicht mir, sondern Boris, dem Besitzer des Taxis. Er hat mich beauftragt, sie beim Bootshaus hinter der Brücke abzugeben. Dort würde jemand auf mich warten. Aber daraus ist bislang nichts geworden. Sonst säße ich nicht hier."–

„Kommt das öfter vor, dass Sie solche Kurierdienste machen?" –

„Leider nicht, schließlich wird es gut bezahlt. Es ist das erste Mal." –

„Was bekommt man denn dafür?" –

„Sind Sie jetzt nicht ein wenig zu neugierig? Sie sollten mir lieber zuvor verraten, was es mit den extragroßen Verführern auf sich hat, über die niemand hinwegsehen kann. Tritt Ihre Freundin etwa im Zirkus auf?"

Meine Unhöflichkeit strafte sie prompt mit zwei verletzenden Sticheleien ab. Verunsichert beeilte ich mich, die erste Frage schnell zu beantworten. Vielleicht vergaß sie die mir wesentlich unangenehmere nach der Frau in meinem Leben: „Mit den BHs hat es folgende Bewandnis: Sie sind ein Teil des Petermann-Projekts. " –

„Na, typisch, ein Männer-Projekt!" –

„Einer Produktentwicklung der Fa. Petermann, die eine Microfaser mit ertaunlichen Eigenschaften auf dem Markt etablieren möchte. Neben der bereits von anderen Kunstfasern bekannten Atmungsaktivität reagiert dieses Material in definierbaren Arealen sowohl auf Temperaturdifferenzen als auch auf Feuchtigkeitsunterschiede.

Wird also ein bei Zimmertemperatur gelagerter BH übergestreift und auf die Körpertemperatur von 37° erwärmt, kann sich bei diesem neuentwickelten Material in vorgegebenen Bereichen sein Design ändern: Es wird beispielsweise ein florales Motiv auf der roten Grundfarbe sichtbar; oder beim Schwimmen mutieren die Farben in ihre Gegenfarben, vielleicht auch in Grautöne, falls nicht ein neues Motiv zum Vorschein gebracht werden soll. Die Wandlungsmöglichkeiten sind sehr komplex." –

„Wer braucht denn so etwas? Welche Frau schwimmt

mit BH? Das sind doch Männerphantasien!" –
„Ich glaube sogar, dass Frauen weitaus mehr Spaß an
diesen Spielereien haben, wie mir das Interesse der
Mitarbeiterinnen in der Firma an diesem Produkt
gezeigt hat." –
„Und was machen diese drei Schaustücke auf Ihrer
Fensterbank?" –
„Meine Aufgabe bei der Ringel-Services besteht darin, im Rahmen dieses Projektes eine aussagekräftige
Waschanleitung zu designen, die auf die Innensei-
te des BHs gedruckt, bei bester Lesbarkeit, keine
Auswirkungen auf das wechselnde Farbenspiel hat.
Diese Methode wurde favorisiert, weil so drücken-
de Nähte und aus dem BH herausrutschende Fähn-
chen vermieden werden sollten. Und weiter habe
ich die Anbringung der Swarovski-Steine zu optimieren. Sie sollen, auch in Kombination mit LED-
Lämpchen, dauerhaft mit dem Stoff verbunden sein
und keine scharfkantigen Profile aufweisen, die die
Wäsche der Trägerin beschädigen könnten. Ich habe
die drei Prototypen auf der Fensterbank bloß noch
nicht weggeworfen. Heute sollte ich die Ergebnisse
meiner Arbeit der Fa. Petermann präsentieren, was
ja leider durch höhere Gewalt verhindert worden
ist." –
„Mir ist schlecht!" –
„Jetzt tun Sie mir aber Unrecht. So entsetzlich finde
ich meinen Beruf wirklich nicht. Was hätten Sie denn
gesagt, wenn ich im Schlachthof arbeiten würde?" –

„Nein, ich habe Bauchschmerzen." –

„Hoffentlich nicht von meinem Kaffee! Ich vertrage ihn gut." –

„Weiß nicht, ich muss noch mal aufs Klo."

Sie verschwand im Bad und mir jagten die Gedanken durch den Kopf: Ina unterstützte mich mit viel Freude, als ich ihr vor einem halben Jahr von dem neuen Projekt berichtete, das mir für die nächsten Monate wieder ein sicheres Einkommen garantierte. Ihre große Oberweite versteckte sie nie und hier konnte sie sich damit sogar kokett in Szene setzen, wenn sie die von mir bearbeiteten BHs anprobierte. Aus ihrer narzisstischen Neigung machte sie kein Hehl und schlug von sich aus vor, in der Ringel-Services Modell zu stehen. Natürlich war ich einverstanden, denn wir brauchten immer Geld, und Schuchardt war leicht für die Idee zu begeistern.

Ich hatte Ina über meine Großmutter kennengelernt. Anfangs führte sie nur deren braunen Zwergpinscher Axel aus. Dann machte sie auch Besorgungen für meine Oma, kaufte ein und erledigte Behördengänge. Zwangsläufig begegneten wir uns, waren uns sympathisch, verliebten uns und heirateten nach drei Monaten. Wir bezogen im Häuserblock gegenüber eine kleine Wohnung, deren nach Süden gelegenes Wohnzimmer auf gleicher Höhe mit meiner jetzigen Küche liegt. Wenn die Sonne scheint, kann ich direkt hineinsehen. Leider nutzte der Alltag allzu schnell unsere Beziehung ab, die hauptsächlich unter den Reibereien wegen des fehlenden Haushaltsgeldes litt.

Inas eigenes, wenn auch geringes Einkommen würde das ändern, hofften wir. Doch schon ihr erster Arbeitstag desillusionierte mich. Misstrauisch und von Eifersucht zerfressen beobachtete ich, wie Schuchardt an meiner Frau rumgrapschte, sofort bemerkte, dass ihre rechte Brust kühler sein musste, weil auf dieser Seite das erwartete Motiv auf dem BH nur sehr zögerlich sichtbar wurde und meinte, ihren Kreislauf in Schwung bringen zu müssen, um ihre Durchblutung zu fördern. Als er auch noch begann, Ina mit Wasser zu bespritzen, was sie mit einem Kichern goutierte, floh ich regelrecht aus der Firma.

Zu Hause fanden wir keine gemeinsame Basis mehr und ich verließ Ina gekränkt und eifersüchtig. Ihren eigentlich harmlosen Flirt konnte ich nicht verwinden. Dass sie sich ausgerechnet mit meinem Chef amüsierte, machte mich rasend. Sie hatte mir Treue geschworen. Ich sah meine Ehre verletzt, fühlte mich hintergangen, meinte krankhaft und rechthaberisch, Ina beobachten zu müssen, um ihre Schuld am Zerbrechen unserer Beziehung zu beweisen und mietete meine jetzige Wohnung, die zufällig seit Wochen leerstand. So war es mir möglich, ihr Kommen und Gehen zu überwachen und zu überprüfen, ob sie Besuche empfing.

Meine Verblendung raubte mir sowohl die Chance

zur Versöhnung als auch zur endgültigen Beendigung unserer Beziehung und psychopathisch vernachlässigte ich andere Aufgaben, um meine gesamte Energie zu ihrer Kontrolle aufzubringen. Die abartigen Überwachungsversuche bemerkte sie natürlich und verhängte ihr Wohnzimmerfenster sorgfältig. Unglücklicherweise stachelte sie mich damit zu noch intensiverer Spionage an und mit selbstzerfleischender Genugtuung entdeckte ich, dass sie mit Schuchardt das Bett teilte. Diesen Ehebruch musste ich bestrafen! Wieder und wieder malte ich mir aus, im Baumarkt eine Ratsche mit siebzehn mm Nuss zu kaufen, um damit am rechten Vorderrad ihres Golfs von den Radmuttern zwei soweit zu lösen, dass ein erhebliches Unfallrisiko bestand. Diese Wahnvorstellung überlagerte mein gesamtes Denken und ich konnte nicht mehr zwischen Traum und Realität unterscheiden. Plötzlich, von heftigen Zweifeln geplagt, zog ich die Schublade des Küchenschranks auf. Da lag sie: eine nagelneue Knarre mit aufgesteckter Nuss! Hatte ich etwa meinen Racheplan bereits umgesetzt? Mir lief es eiskalt den Rücken hinunter.

Hastig griff ich das Werkzeug, stürmte aus der Wohnung, schloss nicht einmal die Tür, sprang förmlich die Treppe nach unten, eilte durch den Hinterausgang, rannte trotz des strömenden Regens über den glitschigen Rasen zum Nachbarhaus und gelangte in kürzester Zeit in das Halbdunkel der Tiefgarage:

Der mausgraue Golf stand an seinem Platz! Schnell hockte ich mich neben das Vorderrad und wollte die Ratsche ansetzen, um zu prüfen, ob ich wirklich die Radmuttern gelöst hatte, als mich ein Mann scharf von der Seite ansprach: „Was machen Sie denn da?" –

„Äh, meine Frau bat mich, nach den Rädern zu sehen. Sie meint, irgendetwas sei nicht in Ordnung." –
„So was Dämliches habe ich ja noch nie gehört!" Er wählte auf seinem Handy und ich schlich verlegen aus der Tiefgarage.
„Eh, hiergeblieben!" schrie er hinter mir her. Doch ich trottete durch das Unwetter davon. Es war zu dumm: Noch immer fiel mir nicht ein, ob ich die Radschrauben wirklich gelöst hatte. Wenn die Polizei tatsächlich eine Manipulation entdeckte, musste ich mit einem Strafverfahren rechnen. Wieso hatte ich mich nicht umgesehen, um zu prüfen, ob ich allein war? Selbst wenn ich mir den Schwachsinn nur eingebildet hatte, konnte ich, weil ich mich bei einer zwielichtigen Handlung erwischen ließ, für den Versuch einer Straftat verantwortlich gemacht werden. Möglichst schnell brauchte ich eine plausibel klingende Ausrede und zuallererst musste die Ratsche verschwinden. Völlig durchnässt betrat ich durch den Hintereingang den Flur und erschrak: Vorm Haus kreiste bereits Blaulicht. So schnell hatte ich die Polizei nicht erwartet! Instinktiv öffnete ich meinen Briefkasten, entnahm die Werbung

und legte möglichst geräuschlos die Knarre hinein. Dann schlich ich die Marmor imitierenden Stufen der Treppe mit ihrem einfallslosen, von einem schwarzen Handlauf abgeschlossenen Geländer hinauf. Die Post in meiner zitternden, regenfeuchten Hand weichte auf.

Verstohlen riskierte ich einen Blick durchs Fenster auf die Straße: Neben dem Taxi stand ein Krankenwagen. Von der Polizei war nichts zu sehen. Erleichtert atmete ich durch und konnte mich auf den von oben dringenden Lärm konzentrieren: Frau Landowski, meine fette, stets übellaunige Nachbarin übertönte mit ihrer schneidenden Stimme alle anderen Geräusche: „Ich hab's ja schon immer gesagt: Das konnte mit dem nicht gut gehen. So wie der durch die Gegend geschlichen ist. Und dieser ganze Dreck! Der Kammerjäger muss her! Das Ungeziefer wird sich sonst im ganzen Haus ausbreiten! Kein Wunder, dass die Frau sich vergiftet hat. Wieso wird dieser abartige Kerl nicht weggeschlossen? Der hat doch eine Klatsche. Sehen Sie sich nur mal diese Riesen-BHs auf der Fensterbank an! – Wo bringen Sie die Frau jetzt eigentlich hin?"– „Es gibt ein freies Bett im Pius-Hospital. – Machen Sie bitte mal Platz." Ich hörte, wie meine Wohnungstür zugezogen wurde und die Sanitäter mit der Trage die Treppe herunterkamen. An die Wand gedrückt ließ ich sie passieren, gewahrte die geschlossenen Augen im grünlichgrau verfärbten, knöchernen Gesicht der Dünnen und huschte in meine Wohnung. Frau Landowskis Stimme drang gnadenlos bis in meine Küche. Sie setzte ihrem Mann auseinander, dass man Verbrecher wie mich dingfest machen müsse.

Was sollte ich jetzt tun? Verlegen blickte ich auf die blaue Tasche. Ich hatte nicht geträumt. Fröstelnd wechselte ich zum zweiten Mal meine Wäsche und stopfte sie zusammen mit den nassen Sachen, die ich im Schlafzimmer vom Ständer nahm, in die Waschmaschine. Dann beförderte ich die BHs in den Mülleimer, ließ die Tasche der Fremden in der Besenkammer verschwinden und griff entschlossen den dort stehenden Staubsauger.

Irgendwann hörte ich neben dem Lärm der Maschine ein lautes Klopfen an der Wohnungstür und schaltete den Krachmacher ab. Zum Pochen gesellte sich das schrille Schellen meiner Klingel. Verdutzt schaute ich nach dem Öffnen zwei Polizisten ins Gesicht, einer Frau mit blondem Zopf und einem beleibten, älteren Beamten, die beide ihre Mützen in die Hand genommen hatten.

„Sind Sie Herr Markus Mühe?" fragte der Mann und als ich nickte, wollte er wissen, ob sie eintreten dürften.

„Ja, bitte. Was wollen Sie denn?"

Beide standen jetzt im Flur und schoben die Tür zu. „Wir möchten uns kurz mit Ihnen unterhalten", lächelte die Frau mich an. „Es liegen zwei Strafanzeigen gegen Sie vor." ergänzte ihr Begleiter.

23

„Was?" staunte ich verlogen.

„Waren Sie heute in der Tiefgarage des Nachbarhauses?" –

„Ja." –

„Und haben Sie dort an einem Golf die Radmuttern lösen wollen?" –

„Wieso das denn?" –

„Immerhin hatten Sie eine Ratsche in der Hand!" –

„Ich besitze gar kein Werkzeug." –

„Die Ratsche in Ihrem Briefkasten gehört Ihnen also nicht?" –

„Von der weiß ich nichts." –

„Wie kommt die denn da hin?" –

„Vielleicht hat sie jemand hineingelegt", antwortete ich frech, meine Verlegenheit überspielend.

„Na klar, nämlich Sie!" –

„Wieso unterstellen Sie mir das?" –

„Nun, mit aufgesteckter Nuss passt die Knarre nicht durch den Briefschlitz. Sie muss schon bei geöffneter Tür in den Kasten gelegt worden sein!" konterte mein Gegenüber und ich lief puterrot an. Als wenn sie jetzt richtig Spaß an meiner Befragung bekommen hätten, wechselte die Polizistin, wie zur Steigerung meiner Pein, das Thema und erkundigte sich nach dem Namen der Frau, die aus meiner Wohnung ins Krankenhaus gebracht worden war.

„Die kenne ich nicht", antwortete ich wahrheitsgemäß.

„Und warum hielt sie sich in ihrer Wohnung auf?" –

„Sie sollte mit ihrem Taxi warten und musste kurz auf die Toilette." –

„Das Taxi steht also vor der Tür? –

„Ja!" –

„Dann schauen Sie doch mal aus dem Fenster! Wo ist der Wagen?"

Ich ahnte es schon: Nur das Polizeiauto parkte vorm Haus. Ohne Widerrede folgte ich ihrer Bitte, sie auf die Wache zu begleiten.

Plötzlich war ich mir sicher, nie die Radschrauben am Auto meiner Frau berührt zu haben. Viel zu feige fürchtete ich, vielleicht auch anderen durch einen absichtlich herbeigeführten Unfall zu schaden. Und eigentlich konnte ich nicht einmal Ina etwas zu Leide tun. Nur in meinen Träumen war ich stark und lebte dort aus, wozu mir der Mut fehlte. Vorhin war mir zwar, vor dem Golf hockend, aufgefallen, dass seine Radschrauben unter schwarzen Kappen steckten, aber erst in diesem Moment schoss es mir durchs Hirn, ohne Ahnung gewesen zu sein, dass ich die hätte entfernen müssen, um die Ratsche anzusetzen.

Mein reines Gewissen machte mir den Kopf frei und ich war in der Lage, einer weiteren Behauptung nachzugehen: Schuchardt hatte mich am Telefon im Brustton der Überzeugung damit abgekanzelt, dass meine Frau mit dem 6er Bus zur Arbeit gefahren sei. Ina war mit Sicherheit nicht vor der Arthur-Schnitzler-Brücke eingestiegen. Das wäre mir aufgefallen! Seit meinem Auszug aus der gemeinsamen Wohnung hatte ich sie stets vergebens zwischen den Fahrgästen gesucht. Ihr Auto parkte unbenutzt in der Garage. Wenn Schuchardt mich nicht belogen hatte, musste sie hinter der Brücke zugestiegen sein. Am anderen Ufer gab es nur noch eine Haltestelle vor der Firma. Weshalb sollte Ina dort gestanden haben?

Der Regen prasselte ununterbrochen auf das Autodach, als würde sich an diesen Niederschlägen niemals etwas ändern. Vor der kleinen Polizeistation hofften wir dennoch, dass es für einen winzigen Augenblick aufklarte, damit wir halbwegs trocken ins Gebäude spurten konnten. Auf den Vordersitzen ulkten die Polizisten über die sich offenbarenden Auswirkungen des Klimawandels und funkten schließlich zur Wache, ob dort jemand einen Schirm hätte, damit wenigstens ihr Fahrgast nicht völlig durchnässt in die Station gelangen müsste.

Mit dieser freundlichen Geste hatte ich nach meinen Notlügen nicht gerechnet und freudig überrascht öffnete ich schnell die Wagentür, als ein Uniformierter mit einem Schirm zum Auto kam. Er half auch seinen Kollegen und wir saßen anschließend in dem kärglich möblierten, überhitzten, schlecht beleuchteten Wachraum, wo ich nach Aufforderung, doch einmal die gesamte Begebenheit zu erzählen, jetzt wahrheitsgemäß berichtete, was sich heute aus meiner Sicht zugetragen hatte. Einzig die blaue Tasche ließ ich unerwähnt, weil sie für das Verständnis der Vorgänge nicht von Bedeutung war. Der beleibte Polizist blätterte in den vor ihm liegenden Unterlagen, sah mir dann ins Gesicht und meinte:

„Es wäre einfacher gewesen, wenn Sie uns vorhin nicht beschwindelt hätten. Wir haben den Golf überprüft: An den Radschrauben ist keine Veränderung vorgenommen worden. Der Wagen ist zudem auf ihren Namen zugelassen. Die Anzeige des Hausmeisters ist deshalb unberechtigt und wird nicht weiter verfolgt. – Frau Mo Barnekow hat übrigens einen Blinddarmdurchbruch erlitten. Glücklicherweise lief ihre Nachbarin zufällig durchs Treppenhaus und sah durch die weit aufstehende Wohnungstür die sich am Boden windende Frau, alarmierte sofort den Rettungsdienst und hat später in ihrer Erregung Sie, vermutlich nicht ganz unvoreingenommen, bei der Polizei beschuldigt, Frau Barnekow etwas in den Kaffee geschüttet zu haben. – Beide Anzeigen haben sich als haltlos erwiesen und Sie können wieder gehen."

Ich blickte nach draußen in den Regen.

„Hat Frau Barnekow Ihnen wirklich erzählt, die Arthur-Schnitzler-Brücke sei gesperrt?" –

„Ja, sonst hätte sie mich doch nicht zu meiner Wohnung gefahren." –

„Das ist schon merkwürdig", wunderte sich der Dicke. „Eigentlich hätten wir auf der Wache eine Nachricht von der Vollsperrung erhalten müssen. – Soll ich ein Taxi rufen?" –

„Ja, bitte."

Die Rote hatte mich belogen. Spielte die Tasche dabei eine Rolle, die sie nicht im Auto lassen wollte? Ich musste unbedingt hineinsehen, um hinter das Geheimnis zu kommen, und würde mich nicht in die Firma, sondern nach Hause fahren lassen.

Mit diesem Vorsatz erreichte ich unter dem großen Schirm des Polizisten die Fonttür des vorgefahrenen Wagens, bedankte mich für seine Hilfe und zuckte beim Einstieg zusammen: Die Kunststofffolie war wahrscheinlich in allen Taxen gegen unerwünschte Verschmutzungen über die Rücksitze gezogen worden, aber es roch nach der Roten im Auto. Statt des Panters baumelte ein Stück Schnur am Zündschlüssel und ein vierschrötiger Fahrer hatte die Dünne am Steuer abgelöst: Seine behaarten Pranken ruhten auf dem jetzt scheinbar kleinen Lenkrad.

Geistesgegenwärtig gab ich den Hauptbahnhof als Ziel an, denn, wenn der dominante Kerl am Steuer Boris sein sollte, konnte er es nicht für einen Zufall halten, dahin fahren zu sollen, wo er heute seinen Wagen abgeholt hatte und er würde mich verdächtigen, irgendetwas mit dem Verlust seiner Tasche zu tun zu haben. Gewohnheitsmäßig betätigte er das Taxometer und fuhr mit dem mir bekannten Quietschen der Scheibenwischer durch den Regen. Unentrinnbar der Gegenwart verhaftet und der Magie des Zeitensprungs entrückt, beeindruckte mich die extreme Wirkung einer kleinen Abweichung vom Alltäglichen: Das Herabfallen meiner Brille führte in Sekundenschnelle zu einem gänzlich unerwarteten Tag, zu neuen Begegnungen und Einsichten. An Stelle seiner verdrängten Struktur wirkten Zufälle. Mein Leben wurde bunter und aufregender, aber auch gefährlicher. Nahm ich das Heft des Handelns nicht bald in die Hand, würde ich mit dem Strudel der Ereignisse in eine ungewisse Zukunft gespült.

„9,50 €", brummte es von vorne. Ich zahlte mit dem erwarteten 10 € Schein, hörte gerade noch sein gemurmeltes «Danke» und fand mich nach Aufdrücken der Tür nicht im herabklatschenden Wasser, sondern unter einem weiten Schirm, dessen schwarzer Träger mich mit seinen weißen Zähnen anstrahlte und zum Kauf eines der fünf über seinem anderen Arm hängenden Regenschirme für supergünstige 15 € aufforderte. Dankbar für sein tolles Angebot, gab ich ihm 20 €, die er, mir gleichzeitig einen auf Knopfdruck aufgesprungenen Schirm reichend, blitzschnell einsteckte und im Regen verschwand. Viel zu sehr darauf bedacht, die im sonnigen Asien produzierte, filigrane Konstruktion aus Draht und Plastik über meinem Kopf unbeschadet wenigstens bis in den Bahnhof zu retten, verdrängte ich seinen Betrug.

Durch den mit Schwingtüren abgetrennten Eingangsbereich wurde ich in die zwielichtige, riesige

Bahnhofshalle geschleust, die, jahrzehntelang vernachlässigt, nur noch ein Abglanz ihrer ursprünglichen Pracht war. Im Widerspruch zu ihrer Monumentalität verloren sich vor den geschlossenen Schaltern schäbige, abgenutzte Fahrkartenautomaten und wie ein Fingerzeig auf die Vergänglichkeit ruhten die Zeiger der defekten, dem Eingang gegenüber, hoch an der Wand angebrachten, die Breite des Raumes fast gänzlich ausfüllenden Uhr, unter der sich der verelendete Zugang im flackernden Licht der Neonröhren zwischen beschmierten Kacheln zu den Gleisen öffnete, in seiner Verwahrlosung allerdings noch von den, beiderseits der Schließfächer nach Geschlechtern aufgeteilten, Toilettenanlagen übertroffen. Links der Schwingtüren ragte ein Kiosk in den Raum, dessen mit Zeitschriften, Süßigkeiten, Alkoholika und Tabakwaren dekorierend zugestellte Rundumverglasung nur durch eine winzige, mit einem Schiebefenster versehene Öffnung, den Blick in sein Inneres und auf den Verkäufer erlaubte, und der grellbunt die Tristesse seines Umfelds auflockernd von den riesigen, dunkel gebeizten Holztüren hinter sich, dem Zugang ins Bahnhofsrestaurant, ablenkte.

Ich wollte nicht sofort mit einem Taxi weiterfahren, damit Boris nicht doch noch auf mich aufmerksam wurde, und umrundete weitläufig einen neben dem Werbeständer für das Tagesgericht kauerden, ins Trockene geflüchteten, mich anbettelnden Junkie, betrat dann, um aus meinem Zwangsaufenthalt das Beste zu machen und weil die angepriesenen Königsberger Klopse schlagartig meinen Hunger geweckt hatten, den überdimensionierten Speisesaal mit seiner Unzahl quadratischer Tische unter grünen Leinendecken, auf die jeweils ein weißes Damasttuch so dekoriert war, dass seine Ecken vor den dunklen Stühlen nach unten hingen. Bleigraues Tageslicht schleierte unbeeindruckt von den in luftiger Höhe weit unterhalb der Decke eingeschalteten Leuchten durch wandhohe Fenster in den Raum. Hinter dem langen Tresen polierte ein Kellner im schwarzen Anzug Gläser und sortierte sie leicht klingelnd in das verspiegelte Wandregal, tat irgendwann so, als bemerke er mich erst in diesem Augenblick und kam gemessenen Schritts an meinen Tisch.

Gerade hatte ich bestellt, als eine Saaltür aufgeschoben wurde und ich ungläubig staunend Ina mit Einkaufstüten bepackt, auffällig teuer gekleidet und bunt geschminkt in hochhackigen Schuhen direkt auf mich zukommen sah. Sofort stürmte der Kellner herbei, befreite sie von ihrem Gepäck und dem Pelzjäckchen, damit sie sich unbehindert zu mir an den Tisch setzen konnte, und flitzte zum Tresen, um das von ihr wie nebenbei bestellte Wasser zu bringen. Mit den Worten: „Bleib bitte sitzen und renn jetzt nicht weg", begrüßte sie mich und erläuterte: „Ich muss mit dir reden. Gut, dass ich dich hier

31

treffe!" Sie beugte sich zu mir, deutete zwei Wangen-
küsschen an und machte es sich auf dem blanken
Holzstuhl neben mir, so gut es ging, bequem. Eine Parfumwolke hüllte mich ein. Vor Überraschung
brachte ich kein Wort heraus. Ina zwinkerte belustigt
mit ihren klarblauen Augen und fuhr fort: „Jürgen,
diese dämliche Socke, hat mir heute morgen gekün-
digt und sich mehr geschadet, als er ahnt. Wo will
er wohl auf die Schnelle ein derart proportionier-
tes Model wie mich finden!" Zur Betonung drückte
sie ihren Busen nach vorn und der Kellner hatte
Mühe, die bauchige Wasserflasche zu entkapseln.
Ihr von mir vermutetes Zerwürfniss mit Schuchardt
bestätigte sich unerwartet schnell und neugieriger
als mir lieb war, fragte ich aus meiner Erstarrung
erwachend:
„Was ist denn passiert?" –
„Ausgerechnet du musst das fragen! Ich wusste, dass
du in deiner Einfalt nicht einmal ansatzweise be-
merkst, was du angerichtet hast!" –
„Nun mach aber mal einen Punkt. Schließlich hast
du doch mit diesem Schuchardt vor meinen Augen
angebandelt!" erwiderte ich lauter werdend, nahm
mich aber zurück, weil der Kellner das von mir geor-
derte Bier an den Tisch brachte und Ina fragte, ob sie
bereits gewählt habe. Sie bestellte Curryhuhn mit
Reis, sah mich durchdringend an und entgegnete:
„Wenn ich eines in den letzten Wochen gelernt habe,
dann ist es, dass Männer ganz im Gegensatz zu ihrer

32

allgemeinen Rationalität auf der Gefühlsebene ein kindlich chaotisches Stadium nicht verlassen. Das gilt für Jürgen genauso wie für dich und die vielen anderen, die mir zwischenzeitlich begegnet sind." – „Jetzt werd' mal nicht albern! Ich habe nicht mit Jürgen poussiert!" –

„Du bestätigst nur, was ich gerade gesagt habe. Ist dir seit unserer Trennung überhaupt nie der Gedanke gekommen, dass es mein erster Arbeitstag war und ich weder deinen Chef noch die Geflogenheiten in der Firma kannte. Nur weil wir beide auf das Geld angewiesen waren, habe ich den Sexismus dieses minderbemittelten Schwachkopfs über mich ergehen lassen. Was wäre denn passiert, wenn ich mich gesperrt hätte? Die Ablehnung meiner Einstellung lag doch in der Luft und sein bis dahin gutes Verhältnis zu dir, als meinem Vermittler und Ehemann, hätte sicher einen Knax bekommen. Es stand doch zu befürchten, dass auch du aus irgendwelchen fadenscheinigen Gründen rausgeschmissen worden wärst und dann hätten wir erst recht alt ausgesehen." –

„Das bildest du dir doch bloß ein!" –

„Nein! Denn genauso eitel und selbstbezogen wie du hätte Jürgen reagiert!" –

„Ich soll eitel und selbstbezogen gewesen sein? Das ich nicht lache!" –

„Wie soll ich die von dir abgezogene Show denn sonst bezeichnen? Der gekränkte Egomane flüchtet aus der gemeinsamen Wohnung, weil er sich weigert, vernünftig vorgetragene Argumente auch nur anzuhören und mietet, um dem Ganzen die Krone aufzusetzen, von seinen paar Kröten, die er nach Hause bringt, eine zweite Wohnung. Hast du Einfaltspinsel dich mal gefragt, wovon ich meinen Unterhalt bestreiten sollte? In meiner Bedrängnis habe ich meine Eltern um Geld angepumpt. Doch die haben es auch nicht gerade dicke und ein zweites Mal mochte ich sie nicht anbetteln. In meiner Not ließ ich mich auf die Spielchen mit Jürgen ein und hatte damit wenigstens etwas zu essen."

Wie auf dieses Stichwort kam der Kellner, wedelte imaginären Staub vom Tisch, servierte die bestellten Mahlzeiten und verschwand mit dem über seinen Arm geschlagenen weißen Tuch. Verlegen blickte ich auf die in wässriger Kapernsauce schwimmenden Fleischbällchen; immerhin waren die rundgeschälten, glasigen Kartoffeln mit getrockneter Petersielie bestreut. Inas undefinierbares Hühnerklein schwamm in einem Reisrand. Ohne ein Wort zu sagen, begann ich zu essen und sie berichtete, etwas ruhiger geworden, von ihrem Besuch bei der Jobbörse der Arbeitsagentur: Sie hätte sich aus der Abhängigkeit von Jürgen und mir befreien müssen. „Es ist nicht leicht zu ertragen, wenn so ein Jüngelchen von einem Sachbearbeiter sich über deinen schlechten Schulabschluss, die abgebrochene Lehre und damit über deine fehlenden Chancen am Arbeitsmarkt auslässt. An dem Tag war ich besonders empfindlich und als er mir, auf den Busen starrend, offerierte, es doch mal als Prostituierte zu versuchen, hatte er den Bogen überspannt und von mir kräftig eine eingefangen. Mit glühender Wange, den Tränen nah, wollte er schon meinem Befehl nachkommen, mich sofort zu seinem Vorgesetzten zu bringen, als er mit seinem hündisch ergebenen Blick mein Mitleid weckte und ich ihn erst einmal aufforderte, sich zu setzen und mir zu erläutern, wieso er mir ausgerechnet einen Job als Hure vermitteln wolle. Er argumentierte, wohl hoffend, einer Dienstaufsichtsbeschwerde zu entgehen, es sei immerhin eine sozialversicherungspflichtige Tätigkeit, zu der ich nach seiner Einschätzung die Voraussetzungen mitbrächte. Im Gegensatz zu allen anderen sich mir vielleicht durch Zufall öffnenden Arbeitsfeldern hätte ich die Aussicht auf ein über dem Durchschnitt liegendes Einkommen. Ich könne mich doch wenigstens in Ruhe mit diesem Gedanken vertraut machen. Wenn es für mich nicht akzeptabel sei, wolle er natürlich weiterhin bei Reinungsdiensten, Callcentern, Friseuren und Restaurants für mich nach einer freien Stelle, wenigstens auf 450 € - Basis, suchen."

Wie auf einem schlingernden Schiff schien der Boden unter mir zu wanken und noch immer in meiner Eifersucht verhaftet, versuchte ich, nach Fassung ringend, Inas nüchternen Vortrag zu verdauen, bemüht, an dieser irrwitzigen Steigerung der Ursache meines

Neids, wenigstens den Verstand nicht zu verlieren. Ina musste meine Reaktion erahnt haben: Dankbar stürzte ich den von ihr georderten, augenblicklich vom Kellner servierten, doppelten Cognac hinunter und spürte, wie sich meine Aufregung legte. Alkoholisiert ertrug ich die Fortsetzung ihres Berichts: „Leider hatte der Schnösel vor mir völlig recht. An Geld käme ich nur durch Erbschaft oder Lottogewinn. Die Option Heirat hatte ich nicht mehr. Wenn ich von den in Aussicht gestellten, sogenannten seriösen Berufen leben wollte, musste ich wenigsten drei von ihnen gleichzeitig annehmen oder zusätzlich Stütze beantragen. Dagegen würde im «Gewerbe» fürstlich gezahlt, wie er bemerkte. Also erkundigte ich mich nach möglichen Arbeitgebern. Er griff zum Telefon und vereinbarte für mich ein Vorstellungsgespräch im Red Velvet.

Du kannst dir denken, dass Jürgen die ihm unerklärliche Änderung meines Verhaltens und mein plötzliches Desinteresse an seiner Person beunruhigten. Als er mich heute zur Rede stellte, habe ich ihm nach einem Erklärungsversuch, auf den er sich wie von Sinnen brüllend über meinen liederlichen Lebenswandel entrüstete, klar gemacht, dass ausgerechnet er sich nicht zum Moralapostel aufspielen könne, schließlich habe er ein Verhältnis mit einer verheirateten Frau und sei doch nur neidisch, weil ich in vierzehn Tagen mit Spaß an der Arbeit locker das verdienen würde, wozu er sich ein ganzes Jahr mühevoll abplacken müsse. Seine Reaktion kennst du bereits.

Die Vorstellung der Miederwaren für die Peter-manns ist durch meinen Ausfall und dein Fehlen gründlich vergeigt worden. Ich wette, du hast mor-gen die Kündigung der Ringel-Services im Briefkas-ten. Wenn du willst, erlaube ich dir trotz allem zu mir zurückzukommen, wenigstens bis du wieder eigenes Geld verdienst."

Irgendetwas in mir weigerte sich, Ina auch nur an-satzweise Glauben zu schenken. Mein heutiger Ta-gesablauf hatte nichts mit meinem Leben zu tun. Er konnte nicht wahr sein. Jeden Augenblick musste ich aus diesem aberwitzigen Albtraum erwachen, in dem sich jetzt, wie in einem Film, die Türen zum Re-staurant für eine drahtige Asiatin und eine unglaub-lich langbeinige Afrikanerin öffneten, die sich, ihre Einkaufstüten auf und neben unseren Tisch stellend, fast misstrauisch aber dennoch respektvoll auf Inas Erklärung, mit mir verheiratet zu sein, als Koya und Suzan vorstellten und mich dabei, nach Lavendel und Chanel duftend, mit angedeuteten Küssen zur Begrüßung umarmten, bevor sie an dem auf einmal viel zu kleinen Tisch die noch freien Stühle einnah-men. Der Kellner balancierte unaufgefordert zwei ovale, glänzend braun lackierte Holztabletts heran, auf denen, unter den Kaffeegedecken, vergilbte, ge-klöppelte Spitze imitierende Plastikdeckchen lagen, und setzte sie rechts und links neben einem seltsamerweise auf den Tisch geratenen, strassbestickten Tanga mit frivolem Lächeln ab, tauschte von mir unbemerkt, als beherrsche er Zauberei, mein Cognacglas gegen ein gefülltes, dessen sattbraune Flüssigkeit ich, von in meine Nase steigenden Aromen verführt, wie einen Schluck Wasser hinunterstürzen wollte, hätte Koya nicht warnend ihre Hand auf das dünnwandige Glas gelegt:

„Du kannst das Leben nicht bestehen, wenn du vor ihm fliehst!"

Verlegen rückte ich auf meinem Stuhl zurück; tatsächlich trank keine der Frauen Alkohol. Klar erkannte sie meine Flucht vor der Wirklichkeit und verwies indirekt sowohl auf ihre eigene als auch die innere Stärke ihrer Kolleginnen, die ihre ernüchternden Arbeitsbedingungen ohne Suchtmittel ertragen konnten.

Inas, Schuchardt verletzend vorgehaltene, Freude an ihrem Gewerbe war nach meiner Einschätzung erfunden, vielleicht einmal bei einem Freier eine Ausnahmeerscheinung, schließlich hatte jeder Beruf Höhen und Tiefen. Doch konnte ich das beurteilen? Zwängte ich sie womöglich in ein mir genehmes Klischee, nur weil ich es nicht ertrug, mit einer Nymphomanin, einer Spezies, deren Existenz für mich bisher einzig Männerphantasien zu entspringen schien, verheiratet zu sein? Ich beurteilte Ina nach unreflektiert übernommenen Wertvorstellungen und meinem daraus abgeleiteten, tief verinnerlichten Gerechtigkeitsgefühl, dessen Allgemeingültigkeit zu hinterfragen mir erst in den Sinn kam, als sie soeben meine Selbstbezogenheit tadelte.

Weil ich nicht schnell genug reagierte, fügte Koya hinzu: „Erst dachte ich, du müsstest besonders stark und ausgeglichen sein, um eine Ehe mit einer Prostituierten führen zu können oder du wärst total abgestumpft; jetzt drängt sich mir der Verdacht auf, dass du völlig überfordert bist."

Verunsichert blickte ich zu Ina; die begutachtete gemeinsam mit Suzan intensiv die inzwischen auf dem Tisch aufgetürmten Einkäufe. Ihre Ablenkung bot mir die Chance, die mir erst vor wenigen Augenblicken von ihr offenbarte, neuerliche Änderung unserer Beziehung mit meiner unerwartet urteilsfähigen Gesprächspartnerin zu analysieren, von der ich annahm, dass sie sich als Kollegin Inas zumindest in meine Situation einfühlen konnte. Ohne mich zu besinnen und Koyas Anteilnahme durch meine Aufrichtigkeit einfordernd, verriet ich ihr zustimmend, bis vor Minuten nichts von der neuen Berufung meiner Frau gewusst zu haben und verfolgte verwundert, wie ihr gespielt ironischer Gesichtsausdruck einem ungläubigen Staunen wich.

„Wo liegt dein Problem? Hast du mal an die Nutten gedacht, die jetzt vor dem Bahnhof im Regen stehen und für Peanuts um Freier buhlen, weil sie ihre Sucht befriedigen müssen oder von ihren Zuhältern zum Anschaffen gezwungen werden? Glaubst

39

du, wir schuften in einer Flatrate-Absteige? Das Red Velvet ist eine Luxusoase! Es verkehren dort nur zahlungskräftige Kunden, die sich der Hausordnung zu fügen haben. Allein diese Kriterien sichern ein elitäres Publikum, das sich im Club wohlfühlt und in geschmackvoller Umgebung mit allen Sinnen das Leben genießt."–

„Ich war noch nie dort und kann das nicht beurteilen. Aber Ina hat mir als Ehefrau Treue versprochen und ist ohne mein Wissen bei euch angefangen."–

„Versprechen sind eine heikle Sache", verwunderte sie mich: „Sie nähren die Hoffnung auf einen zugesicherten Vorteil und entpuppen sich als ungerecht, falls nicht absehbar ist, ob sie dem Versprechenden künftig schaden. Dann erweisen sie sich schlicht als unsittlich, da niemand sein Verhalten für eine ungewisse Zukunft bindend festlegen kann. Ihr wahres Wesen tritt im allgemeinen Umgang unserer Gesellschaft mit ihnen hervor, wenn beispielsweise Politiker Rentensicherheit, Gleichheit, Meinungs- oder Religionsfreiheit, die Wirtschaft Zuverlässigkeit der Kernkraftwerke, Reinheit der Lebensmittel oder Seriosität der Geldprodukte und die Kirche die Existenz Gottes, des Paradieses oder die Befreiung von den Sünden versprechen. Die letztgenannten Zusicherungen sind zudem perfide: Unüberprüfbar dienen sie, die Angst vor dem Tod ins Kalkül ziehend, kirchlicher Machtausübung. Sicher hat ein allgemeines Versprechen eine andere Qualität als ein persönliches, aber warum sollte Inas deshalb eine größere Bindungswirkung haben? Wo ist deine Gegenleistung? Wer hat bei euch wen verlassen? Du lebst doch in einem egoistischen Gefühlsbrei aus Hoffnung, Neid und Eifersucht!"

Unzufrieden rutschte ich auf meinem Stuhl hin und her. Das gerade von Ina und Koya Vorgetragene widersprach meinem Wertekanon, so dass ich zunächst deren gesellschaftliches Umfeld zu meiner Entlastung als Ursache ihrer Einstellung ausmachen wollte, mich aber ihren Argumenten nicht entziehen konnte, mir vielmehr eingestehen musste, zumindest voreingenommen gewesen zu sein, wenn nicht sogar der Vorwurf einer zweckgerichteten Verdrehung des Sachverhalts durch mich gerechtfertigt war. Mit dem Hinweis, Glaubensfragen schlössen den Beweis aus und kirchliche Außenwirkung sei sozial- und nicht mehr machtorientiert, wollte ich Koya ausweichen, indem ich bewusst den Kern ihrer Begründung ignorierte, als plötzlich die Sonne mit Macht durch die deckenhohen Fenster flutete, den gerade noch dämmrigen Raum in gleißendes Licht tauchte und Suzan, begeistert auf die glitzernden Wassertröpfchen an den Fensterscheiben weisend, forderte, sofort das Café Lehmann aufzusuchen, wo es sich jetzt bestimmt herrlich unter der Markise an der Straße sitze. Als hätten sie nur auf dieses Zeichen zum Aufbruch gewartet, sprangen die Frauen geräuschvoll von ihren Stühlen, rafften ihre ausgebreiteten Einkäufe zusammen und verließen, mir flüchtig zuwinkend, unter den devoten Dankesbekundungen des Kellners, der flink mit Inas Jacke und Tüten herbeigeeilt war, den Raum durch die Türen zur Bahnhofshalle.

Vor mir spielte das Sonnenlicht mit den Brauntönen des Cognacs im funkelnden Glas und unter mir trocknete die Pfütze mit der Schirmspitze in ihrem Zentrum auf dem dunklen Steinfußboden, während ich den Ober, in die jetzt auffällige Stille hinein, an den Tisch bat, um zu zahlen. Meine Zeche sei ausgeglichen, antwortete er beiläufig und erkundigte sich, ob mein Getränk mir nicht zusage. Verblüfft ließ ich ihn, ohne noch einen Blick auf den Cognacschwenker zu werfen, mit dem Bemerken: „Für meine derzeitige Genütslage ist er viel zu gut." im Lokal zurück, das ich durch einen Seitenausgang in die schwülwarme, feucht dampfende Luft des Bahnhofsvorplatzes verließ und dann gedankenversunken den soeben vorgefahrenen Bus der Linie 6 bestieg: Ich bezweifelte nicht, Ina glauben zu dürfen. Wir hatten uns nie belogen. Sie verdiente bestimmt gut und zeigte es neureich. Offenbar nahmen genügend Freier ihre Dienstleistung in Anspruch. In jeder größeren Stadt dürfte es mindestens ein Bordell geben; nicht ohne Grund ist Deutschland die Hochburg der Prostitution. Inas Kunden rekrutierten sich vermutlich aus der näheren Umgebung und diejenigen, die sich einen monatlichen oder sogar wöchentlichen Besuch bei ihr leisten konnten, waren wahrscheinlich an den Fingern meiner Hände abzuzählen. Um keinen der Freier zu verlieren, musste die Anonymität der Besucher des Red Velvet gewahrt bleiben.

Neben den Vergnügungen bot die abgeschottete Sphäre des Clubs seinen Mitgliedern die Möglichkeit, sich völlig unbeobachtet und zwanglos auszutauschen. Wie in einer Geheimloge waren die Reichen unter sich und konnten ihre geschäftlichen Belange fördern. Ein der Kontrolle entzogenes Zentrum der Macht. Wer hier Zugang hatte, gehörte zu den Gewinnern. War diese verbreitete Art der Seilschaft ein Grund, weshalb Frauen so selten in Führungspositionen aufrücken?

Plötzlich schlug mir jemand jovial auf die Schulter. Ich zuckte zusammen. „Eh, Mark, alte Socke! Wie geht's? Lange nicht geseh'n!"

Verunsichert blickte ich in das vollbärtige Gesicht des jungen Mannes, der mir zunächst völlig unbekannt schien, wenn da nicht diese fistelige Stimme gewesen wäre. „Joe?" fragte ich in seine Richtung und löste bei ihm ein breites Lächeln aus.

„Ja, ist schon 'ne Weile her, als wir das letzte Mal zusammen waren. Muss so vor drei Jahren gewesen sein. Da ist Jana aufgekreuzt."

Joe kannte ich seit der fünften Klasse. Mitten im Schuljahr stellte ihn unser Deutschlehrer vor, er sei mit seinen Eltern zugezogen, und platzierte ihn auf

dem freien Stuhl neben mir: Der Beginn einer Jungenfreundschaft. „Was machst du im Bus?"–
„Früher hast du schon Mal intelligentere Fragen gestellt! Aber es stimmt, ich benutze ihn selten. Die vorgegebenen Zeiten nerven mich. Gestern habe ich, wie ich zu meiner Schande gestehen muss, ein bisschen zu tief ins Glas geschaut und vorsichtshalber den Wagen stehen gelassen. Um noch etwas Sinnvolles in Angriff zu nehmen, werde ich auf meinem Boot ein wenig Ordnung schaffen und mich dabei vom Partystress erholen."–
"Du hast ein Boot?"–
"Ja, mein Vater hat es mir überlassen. Er kann nicht mehr gut sehen und ich glaube, der Aufwand mit dem Kahn ist ihm zu mühsam geworden. In letzter Zeit verliert er sein Interesse an vielen Dingen. Irgendwann sitzt er nur noch vor der Glotze."
Den alten Baumgardt mochte ich sehr. Er hatte stets ein paar Tipps zum Lösen der Hausaufgaben oder nahm uns mit in seine Firma, manchmal sogar, zu meinem großen Vergnügen, auf seine schlanke Yacht mit dem Teakholzdeck und einer richtigen Kombüse.
„Liegt die «Möwe» noch immer im Bootshaus?"–
„Du Schlaumeier! Säße ich sonst in der Linie 6?"–
„Musst du mich nach wie vor wie deinen kleineren Bruder behandeln? Wie viele Boote gibt's da eigentlich?"–
„Eingeschnappt? Tut mir leid. Ich schätze so an die zwanzig, vielleicht mehr. Bist du jetzt unter die Sta-

tistiker gegangen?"–

„Nein, mir ist heute nur von einer Taxifahrerin erzählt worden, dass sie zum Bootshaus wollte. Und da dachte ich mir, müsste dort wohl mehr los sein."–

„Eigentlich passiert im Schuppen gar nichts. Nur zur Saison werden die Boote rausgeholt und im Herbst wieder eingelagert."–

„Aber die «Möwe» liegt doch noch da."–

„Ich bin nicht dazu gekommen, sie flott zu machen, weil ich beruflich ziemlich eingespannt bin."–

„Sind Architekten so gefragt"–

„Ach was, ich hab' das Maklerbüro meines Vaters übernommen. Was machst du denn so?"–

„Im Moment betreue ich ein Projekt bei der Ringel-Services. Aber es steht unmittelbar vor dem Abschluss. Mal seh'n, wie es weitergeht."–

„War nett, dich zu treffen. Ich muss hier raus! Tschüss!" Joe sprang aus dem Bus und ich sah ihn vor der Fensterfront eines Hochhauses in Richtung Bootsschuppen schlendern. Ohne die geringste Behinderung hatten wir die Arthur-Schnitzler-Brücke passiert.

Mit Unwohlsein versuchte ich mir die Häufung der Zufälle zu erklären, warum ausgerechnet heute Ina und Joe mit mir zusammentrafen, weshalb Frau Barnekow die blaue Tasche nicht ins Bootshaus mit der «Möwe» gebracht hatte und wieso Ina an der Haltestelle in die Linie 6 gestiegen sein sollte, an der Joe soeben den Bus verließ. Der Wahrheit kam ich einfach nicht näher. Wie sollte ich ohne konkrete Anhaltspunkte auf einen richtigen Zusammenhang schließen?

Aber die Verstrickungen interessierten mich eigentlich nicht. Ich würde die Tasche ins Pius-Hospital zu Frau Barnekow bringen und fertig. Nur, warum belog ich mich? Natürlich hatte ich dem Polizisten die Existenz der Tasche nicht verraten, begierig auf diesen unerwartet in meiner Wohnung gestrandeten Schatz. Ich fühlte das an der Tasche haftende Unrecht und glaubte mich befugt, ihren Inhalt, ohne dass die Rote mich hindern konnte, in meinen Besitz zu bringen.

Ein kalter Schauer lief mir über den Rücken: Erneut hatte ich mich überführt, wie schon beim Öffnen der Schublade im Küchenschrank, in der die Knarre lag: Ich war kriminell mit miesem Charakter.

Um nicht den letzten Rest meiner Selbstachtung zu verlieren, musste ich der Dünnen die Tasche zurückbringen. Aber nicht ins Krankenhaus. Frau Barnekow brauchte sie im Moment nicht und sie geriet dort vielleicht in falsche Hände. In meiner Wohnung war sie nur so lange sicher verwahrt, bis Boris herausbekam, wo Mo, wie ich sie bereits manchmal in meinen Gedanken nannte, die Tasche verloren hatte. Der Kofferraum des grauen Golfs, sogar der Keller meiner Großmutter waren gute Verstecke. Oder die «Möwe»? Es gab dort viel Stauraum für Kleidung und Proviant. Joe würde in dieser Saison keine Bootsreise mehr antreten. Der Gedanke gefiel mir außerordentlich. Denn theoretisch hätte Frau Barnekow ihre Fracht vielleicht sogar auf der Yacht abgeben sollen. Jetzt vermutete niemand mehr, dass sie überhaupt noch dorthin gebracht würde. Der Plan ließ sich leicht verwirklichen und anschließend konnte ich die Rote mit dem guten Gefühl, keinen in das Geheimnis um die Tasche eingeweiht zu haben, informieren.

IN der Anmeldung der Ringel-Services räumte Rena zum Feierabend ihren Schreibtisch auf. Jürgen sei heute schon sehr früh und außerordentlich gut gelaunt gegangen, berichtete sie. In einer halben Stunde hätte er mit den Petermanns das Projekt unter Dach und Fach gebracht und sich danach bis morgen verabschiedet. Die restliche Belegschaft habe die Gelegenheit genutzt, belegte Brötchen geordert und mit ein wenig Sekt zum frühen Feierabend angestoßen. Sie sei noch im Büro geblieben, um die getroffene Vereinbarung aus dem Gedächtnis zu protokollieren. Schade, dass ich nicht mitgefeiert hätte, gestand sie mir leichthin mit vom Alkohol geröteten Wangen. „Wollen wir zu Fuß in die Stadt laufen?" schlug sie vor. „Der nächste Bus fährt erst in einer Stunde!"

Das konnte kein Zufall sein! Zum zweiten Mal verwirbelte ein Bus meinen Tagesablauf. Doch diesmal war mir die Gelegenheit, meinem Leben eine neue Richtung zu geben, bewusst. Sie kam wie gerufen! Ich war meiner anstrengenden Beziehung zu Ina müde, wollte mich aus der zu Mo befreien und die kindliche Offenheit Renas, ihre fröhliche Art, ihr glockenhelles Lachen, ihre strahlenden Augen und ihre verführerischen Grübchen bestärkten mich, als hätte sie mir mit ihrer freundlichen Geste, die wohl eher der Laune des Augenblicks oder einer Verlegenheit entsprang, ihre Unterstützung zugesichert. Dankbar willigte ich ein und wir machten uns auf den Weg.

So aufregend, wie ihre über dem Haarband unterschiedlich hochgebundenen, brünetten Haare wippten, wogten auch ihre braunen, im Ausschnitt des geblümten, ihren Körper umfließenden Trägerkleidchens eingebetteten Brüste gegen den Takt der klatschenden Flipflops und ein frischer Veilchenduft schmeichelte herüber. Ihre zartgliedrigen Hände mit den farblos lackierten, künstlichen Fingernägeln unterstrichen ihre Beschreibung der heute unvermutet in der Firma ermittelnden Polizei, die sich seltsamerweise nach einer blauen Tasche erkundigt habe und, was sie noch viel mehr erstaune, dabei offenbar vermutete, dass ausgerechnet ich dazu Angaben machen könne. Dabei sah sie mich mit ihren braun glänzenden Augen durchdringend an und nur mit aller Willenskraft überwand ich meine schlagartig eingetretene Schockstarre, um mich mit einer Lüge zu retten, als Joe auf dem Bürgersteig auftauchte und unhöflich mit der Frage über uns hereinbrach, ob ich mich an die Taxifahrerin erinnern könne, die mir von ihrer Fahrt zum Bootshaus berichtet habe. Erfreut über diesen kurzen Aufschub, der mir Zeit zum Überlegen gab, fabulierte ich skrupellos, als stünde ich ohne Einfluss auf mein Verhalten neben mir, von einer dunkelblonden Fahrerin und setzte noch dreist hinzu, nicht einmal zu wissen, mit welchem Taxiunternehmen ich gefahren sei, denn ich hätte den Wagen vom Straßenrand herbeigewinkt. Verärgert verschwand Joe im Hochhaus an der Hal-

testelle und im gleichen Atemzug belog ich auch
Rena, in letzter Zeit nie eine blaue Tasche gesehen
zu haben, erstaunt über die Leichtigkeit, mit der ich
die soeben noch brenzlige Situation entschärft hatte.
„Wer ist denn der arrogante Patron?" fragte sie misstrauisch und rückte demonstrativ von mir ab.
„Ach, Joe ist ein alter Schulfreund. Nach Jahren trafen wir uns heute zufällig im Bus. Er war auf dem
Weg zu seinem Boot und ich erzählte ihm von meiner Begegnung mit einer Taxifahrerin, die ebenfalls
zum Bootshaus wollte. Keine Ahnung, weshalb er
jetzt so aufgeregt ist."–
„Und ich dachte schon, du hättest etwas mit Inas
kriminellen Machenschaften zu tun."–
„Wie bitte?"–
„Na, dein Joe ist doch gerade im Puff verschwunden!"–
„Was?"–
„Willst du mir weismachen, nicht zu wissen, wo
deine Frau anschafft?"–
„Seit sie mit Schuchardt fremdgeht, ist sie mir heute
Mittag im Bahnhof erstmals wieder begegnet und
wir haben ein paar Worte gewechselt. Hätte sie es
nicht erzählt, wäre mir nie der Gedanke gekommen,
dass sie im Red Velvet arbeiten könnte, von dem ich
nicht einmal weiß, wo es zu finden ist."–
„Bislang war ich überzeugt, alle Männer erführen bei
ihrer ersten Ankunft in der Stadt, quasi telepathisch,
seine Anziehungskraft im fünften Stock dieses Bü-

rohauses direkt vor deiner Nase. Was bist du denn für eine Ausnahmeerscheinung?"–

„Vergiss es! Aber warum um alles in der Welt ist Ina damit kriminell? So was kann ich mir nicht vorstellen."–

„Sie ist eine Hure! Da gelten andere Gesetze."–

„Tolle Logik. Und dass du mich in die Halbwelt integrierst, macht dir keine Gewissensnöte."–

„Wenn ich ganz ehrlich bin: nein! Mein Gefühl täuscht mich nicht. Ich bezweifle, dass du gerade bei der Wahrheit geblieben bist. Das Lügen musst du auf jeden Fall noch üben: Mimik und Körperhaltung stellen dich bloß."

Schon wieder mäkelte eine Frau an mir herum. Und auch Rena hatte recht. Ich war mein Problem und musste mich ändern. Sie kam mir entgegen: „Vielleicht versuchst du einfach, mich nicht zu täuschen. Das wäre ein Anfang."–

„Abgemacht!"–

„Ok. Was ist mit der Tasche?"

Ich zögerte.

„Na mach schon, gib dir einen Stoß!"–

„Sie steht in meiner Besenkammer."–

„Hast du was dagegen, wenn wir jetzt zu dir gehen und die Tasche zur Polizei bringen?"–

Wir überquerten die Arthur-Schnitzler-Brücke und liefen am anderen Ufer an einem Bauzaun entlang, über dem die Ausleger zweier Baukräne im Wind schwankten. Sie plauderte von ihrer zwei Jahre jün-

geren Schwester, die in einer ausdauernd erfolglo-
sen Mannschaft Fußball spiele und deshalb viel her-
umkomme. Alle in ihrer Familie seien sportlich, so
fahre ihr Vater noch heute sieben Kilometer mit dem
Rad zur Arbeit und ihre Mutter schwimme für ihr
Leben gern. Leider sei ihr Bruder bei einem Motor-
radunfall ums Leben gekommen. Sie selbst habe im
Fliegengewicht schon ein paar Preise als Kickboxe-
rin eingeheimst, verkündete sie stolz.
Während wir zur Abkürzung durch die Sonnenberg-
Passage schlenderten, einer nachträglich überdach-
ten Fußgängerzone, erkundigte sie sich nach meinen Geschwistern und verlegen gestand ich ihr, zu
meinem Bruder Maik keinen Kontakt zu haben, der
nach der Scheidung unserer Eltern bei Paul, meinem
Vater, blieb, während ich in Omas Obhut kam, denn
Mutter fühlte sich mit meiner Erziehung überfordert, was hieß, dass ich ihr bei der Gestaltung ihrer
neu gewonnenen Freiheit im Weg war. Meine Großmutter, bei der ich wie ihr eigenes Kind aufwuchs,
suchte zwar die fehlenden Bezugspersonen durch
übertriebene Zuwendung zu ersetzen, aber die zer-
störte Harmonie und Nestwärme konnte sie nicht
kompensieren.
Emotionslos wollte ich von meinen Familienverhält-
nissen berichten, als wäre ich mit meiner Vergangenheit längst im Reinen, doch das unerwartete Er-
starken verdrängter Empfindungen trieb ein Zittern
in meine Stimme und Rena lenkte vom Thema ab.

Sie nahm die sich über dem Glasdach der Passage zusammenballenden Wolken zum Anlass, um mich in ein Textilgeschäft zu ziehen, stöberte am nächstbesten Ständer zwei Röckchen auf und zog mich in eine Umkleidekabine, streifte, ohne zu zögern, ihr Kleid ab und ihre durch einen schwarzen String besonders augenfällige, nahtlose Bräune raubte mir den Atem. Erregt folgte ich ihren lasziven Bewegungen, mit denen sie an dem fast nichts verbergenden Etwas nestelte, ohne die mitgebrachte Auswahl weiter zu beachten. Da erschreckte uns Inas markante Stimme in der Nachbarkabine: „Sei still!" befahl sie. „Es kann für dich delikat genug werden, dass du mich hier reingeschubst hast. Die ganze Passage ist videoüberwacht."–

„Ins «Red» kann ich nicht kommen. Wenn meine Frau wieder was mitkriegt, bin ich geliefert!"–

„Dann solltet ihr euch in ..." Der Vorhang unserer Kabine wurde zur Seite gerissen. Mit über dem linken Arm gestapelten, auf Bügel gezogenen, bunten Blusen starrte eine Frau auf Renas Blöße und mir ins Gesicht, schob die bräunliche Abtrennung sofort entschuldigend zurück, aber entrüstete sich: „Auch kein Zuhause! – Oh, guten Tag, Herr Winther." Der Vorhang der Nachbarkabine ratschte. „Ich dachte, hier wär' frei!"–

„Macht nichts", hörten wir Ina hüsteln und mit einem: „Ich bin sowieso fertig", stöckelte sie davon, während die Fremde geräuschvoll den Sichtschutz vor die Umkleide zog.

Verlegen blickten wir uns an. Rena schlüpfte in ihr Kleid und wortlos gingen wir, die Röcke liegen lassend, nach draußen. Schauerstaffeln peitschten auf die gläserne Straßenüberdachung. Vor einer Eisdiele fanden wir einen freien Tisch und bestellten zwei Tassen Kaffee.

„Draußen nur Kännchen!" blaffte die Bedienung und verschwand nach unserem genickten Einverständnis.

„Du siehst gut aus", versuchte ich mit Rena wieder ins Gespräch zu kommen.

„Weiß ich", wehrte sie ab.

„Was ist denn los?"–

„Wieso hat Winther deine Frau in die Umkleide gedrängt?"–

„Vielleicht arbeiten Nutten überall?"–

„Du bist blöd! Die haben nicht im Entferntesten an Sex gedacht."–

„Im Gegensatz zu dir."–

„Wollen wir uns vernünftig unterhalten? Sonst geh' ich."–

„Kennst du den Winther?"–

„Willst du jetzt etwa behaupten, nicht mal zu wissen, wer unser Bürgermeister ist?"–

„Ich hab' mich nie für so was interessiert."–

„Typisch!"

Die Bedienung kam: „Das macht 5,40 €." Ich zählte ihr das Geld passend in die Hand und sie wandte sich mürrisch den Gästen am Nebentisch zu, während ich zwei Sahnetöpfchen und drei Zuckertüten aufriss, den Inhalt langsam mit dem Kaffee in meiner Tasse zu einer süßlichen, hellbraunen Suppe verrührte, um dann mit Rena, die ihren Kaffee schwarz ließ, die entfesselte Naturgewalt über unseren Köpfen zu verfolgen, während wir an den Tassen nippten. Fast gleichzeitig entdeckten wir die Kamera an der Stahlkonstruktion der Überdachung. Unsere Blicke begegneten sich, wortlos tranken wir zu Ende, knabberten die aus ihrer Folie befreiten, gezahnten Kekse und liefen schließlich, sofort pitschnass, durch den warmen Regen in Richtung Baumschulen-Allee, Rena, ihre Flipflops in der Hand, bei mir eingehakt. Wir klebten in unserer nassen Kleidung, wie ein Liebespaar, aneinander, versuchten aber, endlich unbeobachtet, das merkwürdige Gebaren des Bürgermeisters zu erklären. „Es muss für Winther von größter Bedeutung gewesen sein, mit deiner Frau zu sprechen", vermutete Rena. „Sonst hätte er sie nicht ungeachtet seiner Reputation zu einem Gespräch in der Umkleide genötigt. Hast du mitgekriegt, was Ina ihm geantwortet hat, als die blöde, mit den Blusen bepackte Kuh den Vorhang der Kabine zur Seite riss?"–

„Ich war viel zu erschrocken."–

„Vermutlich sollten sie sich irgendwo treffen."–

„Ina und Winther?"–

„Dann hätte sie «wir uns» gesagt und nicht «ihr

55

euch».“–

„Warum sollte Winther sich mit seiner Frau treffen? Die sehen sich ja ständig.“–

„Sicher war jemand anderes gemeint.“–

„Auch sehr hilfreich. Wo können denn Leute unbemerkt zusammenkommen?“–

„Ich würde auf einen belebten Platz tippen, weil es da am wenigsten auffällt.“–

„Von dem du weißt, dass er nicht videoüberwacht ist“, ergänzte ich.

„Oder dort, wohin sich sonst niemand verirrt.“–

„Das Bootshaus?“–

„Gute Idee!“ lobte Rena. „Wenn du also mehr über diese mysteriöse Angelegenheit erfahren willst, kannst du dich da auf die Lauer legen.“–

„Ich bin froh, wenn ich von Ina und ihren Machenschaften nichts höre!“–

„Jürgen hat das Gegenteil behauptet.“–

„Heute hat sich viel geändert“, brüllte ich ihr zu, um mich im Sturm und dem Lärm des prasselnden Regens, dem Rauschen der von Autos durchschnittenen Pfützen und dem Klatschen der dabei hoch gepeitschten und dann auf dem Radweg zwischen uns und der Straße niederschlagenden Fontänen verständlich zu machen. Über uns ragten jetzt die trutzigen Türme von St. Hippolyt grau in die Höhe, wo die Konturen ihrer Helme verwischten. Wie ein apokalyptischer Strom ergoss sich das von den Dächern des Gotteshauses stürzende Wasser über die vom Eingang herabführende Treppe auf den Bürgersteig und dort, in der Mündung des Styx, kauerte vor den Stufen ein Rollstuhlfahrer. „Können wir helfen?" wollte Rena von ihm wissen.

„Ich möchte in die Kirche. Wenn Sie den Rollstuhl mit der Lehne zur Treppe schieben würden, könnten sie mich leicht hinaufziehen", hörten wir seine Stimme unter der Kapuze des durchweichten Anoraks und hievten sofort den Stuhl nach oben, wuchteten ihn rückwärts über die Schwelle des Kirchenportals und drehten ihn dort in Richtung Altar. „Sollen wir kurz warten, bis Sie wieder nach draußen möchten?"–

„Danke nein, ich komme zurecht", wiegelte er höflich ab, griff die Ringe an den Rädern seines Rollstuhls und bugsierte sich mit kräftigen Armbewegungen in den Mittelgang der Kirche, dem er käfergleich, beiderseits von dunkelbraunen Kirchenbänken flankiert, wie durch ein Spalier, zum Chor folgte. Die Reifen hinterließen auf dem Plattenboden breite, sich verjüngende, wässrige Spuren und der Fremde wäre uns im dämmrigen Licht, das die auf den Würfelkapitellen der Pfeiler ruhenden Gurtbögen und die Seitenschiffe nur erahnen ließ, aus den Augen geraten, hätte nicht ein Blitz die Kirchenschiffe grellblau ausgeleuchtet und die Schlagschatten des Mannes und einer den Rollstuhl schiebenden, großgewachsenen, schlanken und wie aus dem Nichts erschienenen Nonne gegen die Wand des Querhauses geworfen. Neugierig folgten wir und hinterließen Fuß- und Schuhabdrücke auf den Sandsteinplatten. Vom Querschiff führte eine Tür zum Kreuzgang, durch die beide verschwunden sein mussten. Sie war verriegelt.

Renas Stimme in der Stille der kühlen, dunklen Kirche ließ mich zusammenzucken: „Es gibt viele Orte, an denen ein unbeobachtetes Treffen möglich ist."– „Komm, lass uns gehen! Mir wird kalt", forderte ich und Rena hakte sich erneut bei mir ein, als sich das Portal öffnete und ein Mann, seinen Schirm schließend, in die Kirche eilte. Rena packte überraschend kräftig meinen Arm und zog mich hinter den Vorhang eines Beichtstuhls. Gebannt verfolgte sie den Neuankömmling. Der bog ins Querhaus, ein Glöckchen klingelte, und wir hörten die Tür in den Angeln quietschen.

„Das ist Winther", verkündete sie aufgeregt und ich spekulierte: „Stell dir vor, er hat unsere Spuren auf dem Boden bemerkt, die zwar in den Raum aber nicht herausführen, informiert deshalb den Küster und der verrammelt das Portal. Dann sind wir mit nassen Klamotten in der Kälte gefangen."–

„Nichts wie raus!"stimmte sie meinem Unsinn zu und stürmte mit mir auf die Straße, die wir, wie kleine Kinder, entlangrannten, bis wir völlig atemlos vor meiner Wohnung ankamen. Prustend, tropfend, uns neckend und gegenseitig an den nassen Sachen ziehend, stiegen wir die glatte Treppe in den dritten

Stock hinauf. Ich öffnete. Offenbar gegen meine Gewohnheit hatte ich, irritiert durch die bei mir aufgetauchten Polizisten, die Tür einfach nur zugezogen. Rena fand das Bad, warf ihr nasses Kleid auf den Wannenrand, benutzte, dabei den sich verzwirbelnden String gleichsam von den Beinen pellend und auf den Boden schiebend, das Klo, ohne die Tür zu schließen, und stieg dann in die Dusche.

Als ich nur noch ihre verschwommenen, fleischfarbenen Umrisse durch das wellige Glas sah, stürzte ich in die Besenkammer. Natürlich, die Tasche war weg! Schon als Rena von der in der Firma aufgetauchten Polizei berichtete, befiel mich ein ungutes Gefühl: Die Beamten hatten bereits vorher vergeblich bei mir nach der blauen Reisetasche gesucht!

Die Hoffnung auf eine neuerliche Wendung meines Lebens erfüllte sich sich zwar gerade, aber entgegen meiner Erwartung überwand ich damit nicht meine alten Probleme, vielmehr türmten sich neben ihnen neue vor mir auf: Wer war in meine Wohnung eingedrungen? Wieso stellte die Polizei einen Zusammenhang zwischen mir und diesem Gepäckstück her? Wie würde Rena auf die Nachricht von seinem Verschwinden reagieren und wie sollte ich mich jetzt verhalten?

Verlegen wollte ich meinen Blick von der Stelle am Boden, an der die blaue Tasche zuletzt stand, am kleinen Regal entlang, mit den wenigen Marmeladengläsern, dem Klopapier, den Spülmaschinentabs,

Fischdosen und Weinflaschen, nach oben zwingen, der aber rutschte immer wieder am Griff des Schrubbers herunter zum auffällig freien Platz vor meinen Füßen. Ich kauerte mich auf die Türschwelle und spürte plötzlich Renas Knie in meinem Rücken: „Na, du betrübte Nuss! Tasche weg? Alles blöd?" wollte sie wissen und kitzelte mich mit dem Handtuch, das sie um sich geschlungen hatte. Erleichtert sah ich zu ihr auf und verspürte Lust, an ihren warmen, noch feuchten Waden meine Hände nach oben gleiten zu lassen, als mich ein Gedanke durchzuckte: Woher kam ihr plötzlicher Sinneswandel? Rena trachtete doch, mich auf die Probe zu stellen und erwartete von mir einen Beweis meiner Zuverlässigkeit. Ich sollte ihr meine Vertrauenswürdigkeit durch die Übergabe der Tasche an die Polizei nachweisen. Und jetzt akzeptierte sie, ohne irgendeinen Zweifel, dass die Tasche verschwunden war, bezichtigte mich nicht der Lüge und verschwand auch nicht türenschlagend aus der Wohnung. Hatte sie ihr Interesse an meiner Ehrlichkeit nur vorgeschoben? Suchte sie eine Gelegenheit, um mit mir ins Bett zu kommen? Ich wusste nicht, ob sie impulsiv war. Ihre Sektlaune musste inzwischen verflogen sein und so oft wir uns in der Firma begegnet waren, hatte ich nie den Eindruck, dass sie sich zu mir hingezogen fühlte. Unsere Beziehung war eher unpersönlich, eben zweckgebunden am Arbeitsplatz. Warum zeigte sie sich wie ausgewechselt? Vorhin, im Bahnhof, glaubte ich schon, in eine Traumwelt, zusammen mit Ina und ihren Kolleginnen, gestolpert zu sein. War Rena Teil dieser Illusion? Aber sie war so real wie ich. Ich konnte ihre samtweiche, warme Haut spüren, hörte ihren Atem. Und doch stimmte etwas nicht. Es gab einen Bruch zwischen der Gegenwart und meiner Vergangenheit. Was um mich herum geschah, schloss sich logisch an mein bisheriges Leben an, nur die mich umgebenden Menschen handelten meiner Erwartung nicht entsprechend. Dabei war Renas Gegenwart so verlockend. Ich brauchte nur meine Hand ein wenig unter das Handtuch zu schieben. Doch mich überfiel das diffuse Gefühl verlorener Eigenkontrolle. Ich musste dem Verdacht nachgehen und suchte eine sinnvolle Ausrede, um mich aus dieser, mir unangenehmen Lage zu befreien. Mit belegter Stimme schlug ich vor: „Wir sollten auch ohne die Tasche zur Polizei gehen."–

„Ich habe doch nichts anzuziehen", antwortete sie ungewollt heftig.

„Macht nichts. Ich besorg' dir was", versicherte ich hastig und versuchte an ihr vorbeizukommen.

„Ach, nicht doch", hielt sie mich zurück, wobei das Handtuch verrutschte. Mit einem Ruck machte ich mich los und flüchtete aus der Wohnung. Nackt würde sie mir nicht hinterherspringen, folgerte ich und sauste die Treppe runter. Beim Öffnen der Haustür bemerkte ich meinen Irrtum: Schritte patschten durchs Treppenhaus. Geistesgegenwärtig drückte ich mich hinter die Mülltonnen und sah aus meinem Versteck, wie Rena, mit ihrem am Körper klebenden Kleidchen, barfuß in die regenschwarze Nacht rannte. Vorsichtig schlich ich ins Haus zurück, durchquerte den Flur und verließ es über den Hinterausgang. In der Tiefgarage des Nachbarhauses setzte ich mich in Inas Golf.

Mein heftiger Atem schlug sich auf der Windschutzscheibe nieder und verwischte das Licht der Notbeleuchtung. Seitdem ich den Kinderwagen in den Bus gehoben hatte, verlief mein Leben nicht mehr selbstbestimmt. Hier konnte die Trennstelle zu meiner bisherigen Vergangenheit zu finden sein. Vielleicht erfolgte der Bruch aber auch in der letzten Nacht, aus der ich mit dem Gedankenspiel um den unterschiedlichen Ablauf der Zeit erwachte.

Meine Vergangenheit war eine systemlose Häufung der Ereignisse, eine wie mit dem Zufallsgenerator vorgegebene Datenflut. Ich konnte sie in keine logische Ordnung zwingen und fand in ihr schon gar nicht eine Orientierung für die Zukunft oder die Quelle künftiger Geschehnisse. Selbst eine akribische Zusammenstellung meiner erinnerten Wahrnehmungen wüchse nur, ohne Auswertungsmöglichkeit, im steten Gleichmaß der Zeit, deren allgegenwärtiger, fließender Übergang vom Gestern zum Morgen in den Erscheinungsformen der Materie mit ihren verschiedenen Aggregatzuständen seine Entsprechung zu haben schien, als wirke eine Kraft auf die Zeit, die sie verwandelte, so wie Temperatur und Druck die Eigenschaften eines Materials bestimmten.

Abhängig von meinem Empfinden änderte sich mein Zugang zur Zeit, ich hatte deshalb, wie die Meeresschildkröte und der Oktopus eine eigene Zeit und lebte als ein Teil von ihr. Meine heutigen Erlebnisse waren real, was keineswegs die Existenz einer oder mehrere oder unendlich vieler, gleichberechtigte Parallelwelten ausschloss, in die ich gelangen könnte, wenn ein Zeitensprung kein Verlassen einer Zeitebene erzwingen, sondern in eine Parallelwelt führen würde: Eine Bestätigung meines Molekülmodells verbunden mit der Erkenntnis, dass alles Denkbare möglich wäre.

Für einen Augenblick schob sich ein Schatten am gelben Licht der Garagenbeleuchtung vorbei. Ich duckte mich tief in die Polster des Golfs. Angestrengt versuchte ich im Zwielicht etwas zu erkennen und lauschte. Kein Geräusch drang zu mir. Vorsichtshalber schaltete ich die Innenbeleuchtung des Wagens aus, bevor ich geräuschlos die Fahrertür aufdrückte. Auf dem Polster blieb ein feuchter Fleck, als ich mich aus dem Auto schob und gleich darauf in eine Pfütze patschte. Der Gulli vor der in die Garage führenden Rampe hatte die Regenmassen nicht aufnehmen können und jetzt standen die Wagen dort im Wasser. Sollte jemand an der Wandleuchte vorbeigelaufen sein, musste er auf dem Weg ins Treppenhaus Spuren hinterlassen haben. Im Halbdunkel konnte ich, am Rand der Pfütze entlanggehend, keine Abdrücke finden. Wahrscheinlich hatte ich mich geirrt. Meine Fehlschlüsse schienen symptomatisch für eine zunehmende geistige Verwirrung. Auch meine Vermutung, Joe hätte im Bootshaus auf die Rote gewartet, war einfach abenteuerlich und bereits krankhaft. Gleichwohl zwang sie mich zu hinterfragen, welche der mir bekannten Personen die Tasche aus meiner Wohnung herausgeholt haben könnte.

Joe war klar auszuschließen, denn er hatte mich nach der Taxifahrerin gefragt. Rena erfuhr erst durch die Polizei von ihrer Existenz und verbrachte anschließend den Tag mit mir: Ebenfalls Fehlanzeige. Die Polizei hatte die Tasche, wie Rena mir berichtete, nicht gefunden, aber nach ihr gesucht.

Boris würde vermutlich den Diebstahl nicht angezeigt haben, so dass als Informant der Polizei eigentlich nur die Dünne infrage kam. Die lag jedoch im Krankenzimmer. Also hatte die Polizei dort ermittelt! Doch ihren Aufenthalt kannten zuvor nur die Sanitäter und Frau Landowski.

Wahrscheinlich hatte meine Nachbarin gequatscht. Vielleicht war Boris später doch noch ins Haus gekommen, als er sein Taxi vor der Tür stehen sah, um dort nach der Fahrerin samt Tasche zu suchen, und eilte, nach Frau Landowskis unerschöpflichen Ergüssen über meinen unheilvollen Einfluss auf den Hausfrieden und die Gesundheit der bedauernswer-

ten Taxifahrerin, zur Dünnen ins Krankenhaus, um
sie mit Nachdruck zu befragen; so brutal, dass die
Polizei gerufen werden musste.
Ich stieg wieder in den Golf und fuhr Richtung Pius-
Hospital. Jetzt, um drei Uhr morgens, ließ der Regen
nach und in der nächtlichen Wärme dampfte die
Feuchtigkeit unter den Lichtkegeln der Straßenlaternen. Tröpfchenschwaden vernebelten die Sicht.
Mir wurde bewusst, nach dem mutmaßlichen Vor-
fall mit Boris sofort das Misstrauen des Personals zu
wecken und mich verdächtig zu machen, wenn ich
in nasser Kleidung, mit Stoppelbart zur Unzeit nach
Frau Barnekow fragen würde. Ich sollte mich besser
ausruhen und die übliche Besuchszeit einhalten.
Der unbequeme Fahrersitz gewährte mit nur einen
oberflächlichen Schlaf. Die leisesten Geräusche stör-
ten und ließen mich aus dem Auto spähen. Da sah
ich sie: Die Nonne schob den Mann im Rollstuhl
über die Straße und beide verschwanden in einer
Seitengasse.
Das war kein Zufall. Niemand sonst streifte durch
die Stadt. Sie waren meine Bestimmung. Ich musste
ihnen folgen, kletterte aus dem Auto, atmete überrascht die laue Luft des anbrechenden Tages und
eilte ihnen hinterher. Ich gewahrte sie noch am Ende
der Gasse, vor dem soeben aufklarenden Horizont,
als sie zum Fluss abbogen. Die abschüssige Strecke
erleichterte mir die Verfolgung. Erste Sonnenstrah-
len ließen die verchromten Speichen des Rollstuhls

aufblitzen und arbeiteten die Konturen der schlanken, leicht nach vorn geneigten, ruhig fortschreitenden Frauengestalt heraus. Sie erreichten die Hauptstraße, querten mitten auf der Fahrbahn die Brücke und verschwanden am anderen Ufer nach rechts im verschatteten Eingangsbereich eines Hochhauses.

Endlich gelangte auch ich an den Fluss und erkannte ihr Ziel: das Red Velvet. Logischerweise schob Suzan, die gertenschlanke Kollegin Inas, den Behinderten. Erst gestern hatten sie ein Treffen mit Winther in der Kirche. Zu gern wäre ich ihnen ins Bordell gefolgt, durfte aber nicht auffallen. Darum zögerte ich unter dem quietschenden Ausleger des Baukrans, blickte abgelenkt nach oben und traute meinen Augen nicht: In der Morgensonne baumelte Renas Trägerkleidchen an dem gelben Gestänge in luftiger Höhe und bei genauerem Hinsehen glaubte ich, zwei Menschen in der Kabine erkennen zu können. Hastig trat ich dicht an den Bauzaun, um nicht bemerkt zu werden, und entdeckte Frau Landowski, die unter einer Ansammlung aufgeschnittener, völlig durchnässter Plastikverpackungen für Isoliermaterial lag und mir, mit auf die Lippen gedrücktem Zeigefinger, zu verstehen gab, mich ruhig zu verhalten, während sie mich, mit ihrer anderen Hand, zu sich winkte.

Das merkwürdige Zusammentreffen und die unerklärliche Vertrautheit meiner Nachbarin verleiteten mich, durch einen Spalt im Zaun zu schlüpfen und als ich Frau Landowski mit ihrem vor Aufregung rotem Gesicht erreichte, riss sie mich, heftig atmend, mit voller Wucht zwischen die glitschigen Plastikplanen und wies bedeutungsvoll in die Höhe, wo sich gerade die Kabinentür geöffnet hatte und Rena, von der Sonne beschienen, die Leiter hinabstieg, dabei nach ihrem Kleid hangelte, es geschickt mit einer Hand vom Gestänge löste und nun von ihm umweht, wie ein brünetter Putto von seinem Spruchband, der Erde zustrebte, dicht gefolgt von Joe, dem sein Hemd liederlich in der Hose steckte und die Hast entlarvte, mit der er sich angezogen hatte. Im Schatten meiner nach Schweiß und Eau de Cologne riechenden Nachbarin drückte ich mich in den Folienberg, um nicht gesehen zu werden, und die rasante Folge der sich kulminierenden Ereignisse schien mir mit einem Mal die Entsprechung zur verdichteten Masse mit ihrer Beschleunigung bis an die Lichtgeschwindigkeit in Einsteins Relativitätstheorie zu sein.

Obwohl ich mich nicht rührte, warnte sie davor, uns zu bewegen, bevor Rena und Joe die Baustelle verlassen hätten. Gespannt verfolgten wir, wie die beiden aneinandergeschmiegt, zwischen einem kleinen Bagger und einer Absetzmulde, den Weg zur Straße einschlugen. Frau Landowskis harter Blick traf mich, als sie sich behände erhob, mich mit sich zog und hinter einem Dixi Deckung suchte. „Sie haben es also auch bemerkt", stellte sie fest und fuhr verschwörerisch, mich wie ihren Vertrauten vereinnahmend, fort: „In unserem Haus stimmt etwas nicht. Es gehen dort plötzlich Leute aus und ein, die ich nie zuvor im Treppenhaus gesehen habe: Die dünne Rothaarige, das Flittchen vom Baukran, die Polizei und der gorillaartige Taxifahrer. Ich glaube, mein lieber Mühe, sie sind in Gefahr, denn alle suchen etwas in ihrer Wohnung. Sie wollen an die blaue Tasche."

Entgeistert starrte ich sie an.

„Ich weiß es vom Taxifahrer, der mich nach ihr gefragt hat."

Mir kam eine Ahnung, die sie, sich entschuldigend, im nächsten Augenblick bestätigte. Sie war in meiner Wohnung, hatte die Tasche an sich genommen und konnte dann nicht widerstehen: „Herbert", fuhr sie fort, „ist sehr geschickt und öffnete mit einem gebogenen Draht die Schlösser zur Wohnung und an der Tasche. Es war enttäuschend. Sie enthielt nur alte Zeitungen und drei Simmel-Romane, die mein Mann verächtlich auf den Tisch warf. Dabei rutschte aus einem der Buchrücken eine Micro-SD-Karte. Wir platzten vor Neugier und kaum hatte Herbert eine Sicherungskopie von ihr erstellt, stürzte sein Rechner ab. Wenig später waren sie da."–

„Wer?"–

„Na, die uns über den Computer ausfindig gemacht haben, und hämmerten an die Wohnungstür. Doch wie durch ein Wunder hielt ein Polizeiwagen vorm

Haus und noch bevor die Bullen aus dem Auto gestiegen waren, flüchteten die Gangster. Wir berichteten zwar der Polizei von den Männern, waren aber darauf bedacht, bloß nichts vom Grund ihres Erscheinens zu verraten, und dennoch fragten die Beamten nach der Reisetasche. Wir trauten uns nicht, den Diebstahl zuzugeben, und gaben vor, keine Ahnung zu haben. Herbert hat später alles wieder eingepackt und die Tasche verschlossen in die Rumpelkammer zurückgestellt, weil er sich sicher war, dass ihre Eigentümer, die unseren Versuch, die Daten auszulesen, vereitelt hatten, von der Beschlagnahme der Tasche ausgegangen sein mussten und unser «Liebes-Mühe», wie er sagte, ich bitte abermals um Verzeihung, nichts merken würde."–
„Haben sie die Kopie noch?"–
„Sie ist auf unserem Rechner, falls nicht der Virus alles zerstört hat."–
„Wann hat ihr Mann die Tasche in meine Wohnung gebracht?"–
„Na, als die Polizei weg war."–
„Aber da ist sie nicht!"–
„Dann muss noch jemand in ihrer Wohnung gewesen sein."
Es war wie in einem Bauerntheater: Kaum verlässt ein Schauspieler den Raum zur einen Seite, betritt der nächste durch die gegenüberliegende Tür die Bühne. Keiner weiß vom anderen und das Verwirrspiel nimmt groteske Formen an. Dabei hatte mei-

ne Nachbarin, die ich bisher nur als unsympathischen Blockwartdrachen wahrgenommen hatte, eine unerwartet wichtige Rolle inne und brillierte mit Fähigkeiten, die ich bei ihr am allerwenigsten erwartet hatte. Sie musste in die seltsamen Vorgänge verstrickt sein, sonst hätte sie nicht Joe und Rena beobachtet.

Meine Annahme, dass Boris nach der Tasche im Haus gesucht hatte, erwies sich als richtig, hatte doch Frau Landowski mit ihm gesprochen, und die Folgerung, er sei danach ins Pius-Hospital gefahren, war ein passender Stein im Puzzle, denn die zunächst ins Krankenhaus gerufene Polizei durchsuchte später, als Landowskis die Tasche an sich genommen hatten, ergebnislos meine Wohnung. Wenn meine Nachbarin mich nicht belog, war es sehr wahrscheinlich, dass Boris bei mir zuhause nach Abschluss der polizeilichen Ermittlungen eingedrungen war, weil er von der Dünnen das Versteck der Tasche erfahren hatte.

Misstrauen und Verlegenheit ließ meine Nachbarin genau die Frage stellen, die ich ihr stellen wollte:

„Und was machen sie hier?"–

„Ich konnte nicht schlafen und habe einen Spaziergang in der Morgenfrische gemacht."– „So, einen Spaziergang, auf dem sie zufällig einer Frau hinterher geschlichen sind, die einen Behinderten im Rollstuhl geschoben hat. Sie müssen mir ja nicht antworten, aber warum versuchen sie mich zu täuschen?

Der Krach, mit dem sie die Dame vom Baukran letzte Nacht durch unser Treppenhaus begleitet haben, Herr Mühe, war selbst von mir nicht zu überhören und noch weniger ihr unglaubliches Getöse, als sie später nacheinander aus dem Haus gestürmt sind. Das war übrigens mein Grund, um nach dem Rechten zu sehen. Dabei habe ich vom Treppenabsatz gerade noch wahrgenommen, dass sie zum Nachbarhaus geschlichen sind, wo ich ihre Spur leider in der Garage verlor und nicht schlecht staunte, als der neue Begleiter ihrer Liebschaft mir zu dieser Stunde ausgerechnet da entgegenkam und grüßte, als wäre unsere Begegnung in der Garagenauffahrt im nächtlichen Regen so selbstverständlich, dass er ohne jegliche Erklärung in der Dunkelheit verschwinden konnte."

Ihre Erregung kostete Frau Landowski den Atem und tief nach Luft ringend erwartete sie offensichtlich von mir, meine tatsächlichen Beweggründe zur Verfolgung des ungleichen Paares zu offenbaren. Ich verspürte mit einem Mal die Hoffnung, ausgerechnet von dieser Frau Hilfe zu bekommen. Einen Kopf größer stand sie mit verschränkten, mächtigen Armen vor mir und hätte mich mühelos in das müffelnde Dixi drücken können.

Doch sie patschte mir mitleidig auf die Schulter und forderte mich auf, sie nach Hause zu begleiten. An Häuserfronten entlanglaufend schilderte ich ihr in allen Einzelheiten den gestrigen Tag und war, als wir schließlich ins Auto stiegen, wie von einer Last befreit. Allein das Mitwissen meiner Begleiterin stärkte mich und nahm mir die Angst vor der mir rätselhaften Realität. Frau Landowskis Teilhabe an meinem Schicksal verschaffte mir einen Wechsel in der Perspektive. Die bisher zwanghafte Suche nach der Wahrheit war eigentlich nur übertriebener Eifer.

Dieser neue Blickwinkel brachte mich auf eine fesselnde Idee, ließ meine Gedanken sofort abschweifen und nur noch nebenbei folgte ich Frau Landowskis Auslassungen über Jana. Sie war der jungen Frau bis zu ihrem plötzlichen Tod als Sozialarbeiterin zur Seite gestellt und hatte sie, bis zur heutigen Begegnung mit Joe, Janas früherem Freund, vergessen. Während Joes Auftauchen meine Nachbarin erregte und sie zwang, die damaligen Ereignisse Revue passieren zu lassen, beherrschte mich die Vorstellung, nicht unter Einbeziehung einer logischen Sekunde, sondern durch Verlängerung eines Zeitabschnittes in die Zukunft gelangen zu können.

Larven eröffneten beispielsweise dem sich entwickelnden Insekt nach einer bestimmbaren Zeit den Weg ins Leben. Samenkörner konnten lange im Erdreich überdauern und bei später eintretenden günstigen Bedingungen einen Keimling hervorbringen. Und als Frau Landowski in allen Einzelheiten schilderte, wie die von der «Möwe» in den Fluss gefallene Jana leblos am Ufer zwischen bemoosten Steinen gefunden worden war, erinnerte ich mich an eine

Zeitungsnotiz: Wissenschaftler hatten Jahrhunderte altes, tiefgefrorenes Moos wiederbelebt. Die Pflanze überdauerte diese Hektoden unbeschadet und war, bezogen auf ihre natürliche Lebensspanne, in die von ihr unter normalen Bedingungen nicht erreichbare, ferne Zukunft gelangt. Sie musste dabei keine Reise durch den Weltraum antreten, konnte die Risiken der Verdichtung ihrer Materie bei Beschleunigung bis an die Lichtgeschwindigkeit vermeiden und war dennoch in eine ihrer Lebensform gewöhnlich nicht zugängliche Zeit gelangt.

Die Hoffnung eines Häufchens steinreicher Leute, die sich einfrieren ließen, um in fernen Zeiten, bei absehbarem Fortschritt in der Medizin, wieder zum Leben erweckt werden zu können, erschien nach dem Experiment mit dem Moos tatsächlich irgendwann erfüllbar zu sein. Vorausgesetzt also, die günstigen Bedingungen nach ununterbrochener Kühlung träfen einmal zu, bestünde für sie die Chance, in eine Welt zeitlich nach ihrer durchschnittlichen Lebenserwartung zu gelangen und sich so den Traum von der Wiedergeburt zu erfüllen. Doch wie bei dem von Frau Landowski geschilderten Versuch der Behörden, das Drama auf der «Möwe» zu rekonstruieren, auf der damals Jana, Joe und dessen Freund einen Segeltörn machten, der eine präzise Aufarbeitung nicht mehr ermöglichte und nur noch Zufallsergebnis war, weil die eine oder andere Erinnerung verloren ging oder unterdrückt wurde, weil Indizien nicht gefunden wurden, genau so würden die notwendigen Voraussetzungen für eine Wiederbelebung dieser Utopisten nur zufällig eintreten und ihre Abhängigkeit vom Glück schloss einen exakt bestimmbaren Einritt in die Zukunft aus, während die Wiederbelebung des Mooses zwar kein Lotteriespiel, sondern eine Tatsache mit dem Nachweis war, dass der Sprung in die Zukunft möglich ist, aber eben auch ein Zufallsprodukt, denn das Moos musste entdeckt und erweckt werden.

Wir hatten die Baumschulen-Allee erreicht und beim Aufstieg im Treppenhaus zeigte meine Nachbarin, gut ein Jahr nach dem Unglück, immer noch Zweifel an den Ermittlungsergebnissen zur Todesursache ihres damaligen Schützlings, denn Jana, die ihr bei einem Besuch überzeugend versichert hatte, clean zu sein, hätte nach dem Obduktionsbericht Amphetamine eingenommen. Ihre alkoholisierten Begleiter wollten den Sturz der Freundin ins Wasser zunächst nicht bemerkt haben, obwohl sie das Schiff noch manövrieren konnten. Warum die junge Frau ertrunken sei, hätten die Kriminologen jedoch nicht zu ermitteln vermocht und letztlich nur DNA-Proben von den Ausflüglern genommen und die gesammelten Daten gespeichert. Zwischen zwei Aktendeckeln, schloss Frau Landowski resigniert, wären zwar die gewonnenen Fakten verwahrt, doch die Schlüssel zur Wahrheit lägen in den Herzen der beiden Männer. Und sie sei sich sicher, bei ihrer heutigen Begegnung mit Baumgardt vor der Garage, trotz der Dunkelheit, von seinen erschrocken aufgerissenen Augen auf ein schlechtes Gewissen schließen zu müssen und glaube nicht an seine Unschuld.

Ihre Zweifel brachten mir Gewissheit: Es war nicht wie im Märchen von Münchhausens Posthorn, worin bei der Fahrt mit der Postkutsche über ein eisiges Gebirge gegen die Physik die Töne der Trompete einfroren, dann aber bei steigender Temperatur auf dem Weg ins Tal auftauten und wunderbarerweise von selbst die Melodie spielten, sondern es offenbarte sich eine allgemeine Gesetzmäßigkeit, die es erlaubt, eingeweckte Konfitüre später zu essen, Akteninhalte bei neuen Anhaltspunkten zur Auswertung hinzuzuziehen oder im Sommer gewonnene Samen im Frühjahr wieder auszusäen. Dieses Prinzip des Konservierens, des vorübergehenden Abkoppelns von der Weiterentwicklung, musste aufgrund seiner Allgemeingültigkeit ebenso für den Sprung des Menschen in die Zukunft Anwendung finden können, bedurfte aber jeweils eines speziellen Schlüssels, um Zugang zum Gespeicherten zu erhalten. Beispielsweise das Aufschrauben des Marmeladenglases, das Auftauen der Tiefkühlkost, die Aussaat der Samen oder die Vorlage weiterer Beweise zum Verlauf der Ereignisse auf der «Möwe». Für den Zeitensprung des Menschen kannte bislang niemand den erforderlichen Schlüssel und die bis dato angewandte Form der Konservierung war äußerst risikobehaftet.

Ich öffnete meine Wohnungstür, doch anstatt sich zu verabschieden, drängte meine Nachbarin energisch schiebend hinter mir in die Wohnung, ohne dass ich es verhindern konnte. Körperlich und verbal unterlegen, verfiel ich nach der fehlenden Nachtruhe nicht einmal auf eine List, um sie aufzuhalten. So füllte sie jetzt den Türrahmen zur Küche und ich fühlte mich wie ein Gefangener in den eigenen Wänden.

Sie hätte mir etwas mitzuteilen, was unbedingt unter uns bleiben müsste, entschuldigte sie sich. Und damit wir nicht zufällig belauscht werden könnten, wäre sie zu dieser ungewöhnlichen Zeit gegen alle Regeln des Anstands in meiner Küche, müsste vorab aber auf die Toilette. Sie gab die Tür frei und schloss sich im Bad ein. Feige wollte ich aus der Wohnung rennen, überlegte es mir dann doch anders, denn auch mein Davonlaufen vor Rena hatte mir keine echte Hilfe gebracht, und mit einer gewissen Neugierde wartete ich auf die Preisgabe ihrer Geheimnisse, suchte dabei etwas Trinkbares, fand eine Flasche Weinbrand und hatte gerade passende Gläser geputzt, als Frau Landowski schnaufend, mit geröteten Wangen an den Tisch kam und ungefragt die Gläser gut füllte, anstieß, den Chantré sofort hinabstürzte und diesen Vorgang dreimal wiederholte. Dann hatte sie entweder den Mut oder die Ruhe gefunden, um mir zu erzählen, dass sie, als die Männer gestern an ihre Wohnungstür hämmerten, durch den Spion den Wellbusch erkannt hätte. Dieser Robert Wellbusch wäre der Freund des jungen Baumgardt und auch damals mit Jana auf der «Möwe» gewesen.

Daraufhin nötigte sie mich anzustoßen, füllte die Gläser und schilderte aufgewühlt ihr Entsetzen, das sein Anblick in ihr auslöste, denn sie brachte die blaue Tasche, ohne einen Grund für ihre Ahnung nennen zu können, allein durch die Person Wellbuschs mit den mysteriösen Geschehnissen auf der «Möwe» in Verbindung, was ihr jetzt, nachdem ich ihr soeben die Begegnung mit der rothaarigen Taxifahrerin geschildert hatte, als eine fast zu harmlose Reaktion erschienen wäre.

Sie dehnte bereits die Worte, verschluckte deren Endungen beim Sprechen und wurde lauter, was weniger ihrer Aufregung als dem Alkohol geschuldet war, dem wir, von den sich uns immer plastischer offenbarenden Verstrickungen gefesselt, zunächst ungeniert zur Beruhigung und dann enthemmt zusprachen. Vermutlich erzählte sie mir noch, wie sie Joe durch die Nacht bis zu seiner Begegnung mit Rena verfolgte, doch so sehr ich mich am späten Nachmittag auch mühte, mir die Einzelheiten wieder ins Gedächtnis zu rufen, gelang es mir nicht und beim Versuch, im grellen Tageslicht meine Augen zu öffnen, glaubte ich zu träumen. Auf meinem Bett lag Frau Landowski. Von Renas String war der nicht von ihrem ausladenden Gesäß verschluckte Teil zu erkennen und auf ihren riesigen Hängebrüsten glänzten rot gegründet Swarovski-Steine. Ich schleppte mich aufs Klo. Als ich endlich fertig war, fehlte von meiner Nachbarin und einem der BHs aus dem Mülleimer jede Spur.

ERST zur Mittagszeit des folgenden Tages fühlte ich mich frisch genug, um zur Dünnen ins Krankenhaus zu fahren. Auf der Suche nach einem Parkplatz musste ich mir eingestehen, nicht daran gedacht zu haben, wie ich mit ihr ins Gespräch kommen könnte und wie weit ich ihr, sollte es gelingen, vertrauen durfte. Vielleicht war es hilfreich, nicht mit leeren Händen zu erscheinen. Pralinen schlossen sich nach der Operation vermutlich als unverfängliche Aufmerksamkeit aus. Deshalb kaufte ich einen bunten Blumenstrauß. Mit dem stand ich hinter der elektrischen Drehtür des Pius-Hospitals und versuchte einen Überblick über die vielen Menschen im lichtdurchfluteten Eingangsbereich zu bekommen, die hier in Rollstühlen, auf Krücken oder mit Verbänden ausruhten oder warteten, wie in einem Schaufenster präsentiert, in dem ich erst nach einer Eingewöhnungsphase die schwatzenden, in Sessel gelümmelten Besucher, die Hinweistafeln und die Rezeption aus der allgemeinen Betriebsamkeit herausfilterte und mich nicht mehr an dem der Luft des ganzen Raumes anhaftenden Desinfektionsgeruch störte.

Frau Barnekow liege auf der Inneren III, Zimmer 7. Die Türen zu den Krankenzimmern standen auf und nach dem Mittagessen waberte der Kantinendunst mit den Schwestern, die das Geschirr abräumten, durch das Gebäude. Ich erkannte die Dünne sofort an ihren unglaublich strohigen, roten Haaren, die

an der übergeworfenen Fleecejacke eine grelle Farb-
grenze bildeten und wie die leuchtend bunte Haut
mancher Amphibien ihren Fressfeinden die Gefahr
einer Vergiftung zu signalisieren schienen. Das Bett
an der Tür war unbelegt, das zweite fehlte und auf
dem am Fenster saß sie mit dem Rücken zu mir
und bemerkte mich erst, als ich bereits neben ihr
stand. Erstaunt weiteten sich ihre ohnehin schon
großen Augen in dem schmalen, knochigen Gesicht
und leuchteten mir beim Wiedererkennen wie zwei
grüne Bergseen entgegen.

„Hallo, wie geht es ihnen", brachte ich etwas lin-
kisch unter einem Räuspern hervor und reichte ihr
den Blumenstrauß, den sie dankbar entgegennahm
und genüsslich ihre sommersprossige Nase darin
versenkte, um mich dann, den Kopf hebend, mit
einem leichten Erröten zu bitten, vom Flur eine der
Vasen zu holen, damit sie die farbige Pracht auf den
Nachttisch vor ihr Bett stellen könne.

Als ich zurückkam und die mit Wasser gefüllte Va-
se abstellte, sagte sie mit strahlendem Lächeln, bei
dem sich kleine Grübchen auf ihren Wangen bildeten: „Ich heiße Mo", und reichte mir ihre warme,
trockene Hand.

„Markus", erwiderte ich leicht verlegen.

„Mir geht es inzwischen wieder gut. Von dem Ein-
griff habe ich kaum etwas mitbekommen und ich
darf wahrscheinlich morgen nach der Visite das
Krankenhaus verlassen. Zum Glück fand Frau Lan-

dowski mich gleich und ich erhielt schnelle Hilfe. Aber wo waren sie? – Verzeihung, warst du?" –

„Ich musste kurz aus der Wohnung. Als ich zurückkam, trugen die Sanitäter dich an mir vorbei. Es tut mir leid, dass ich dir nicht helfen konnte." –

„Ein schlechtes Gewissen?" –

„Ja, denn ich rannte davon, weil ich manchmal nicht zwischen Traum und Wirklichkeit unterscheiden kann." –

„Hast du etwa Wahrnehmungsstörungen?" –

„Vermutlich bin ich vergesslich. Mir scheint, dass ich Erinnerungslücken habe, weil ich das, was ich für Zeit halte, manchmal falsch oder gar nicht wahrnehme. Die Zeit verwirrt mich durch ihre Wandelbarkeit und ihre Monotonie." –

„Aber es ist normal, die Zeit länger nicht zu bemerken. Kein Lebewesen kann im Schlaf bewusst die Zeit empfinden. Selbst wenn wir hellwach und achtsam sind, entzieht sie sich uns teilweise. Während ich dich anschaue, weil du mit mir sprichst, nehme ich Licht- und Schallwellen auf, die mit unterschiedlicher Geschwindigkeit an meine Augen und Ohren und von dort zum Gehirn gelangen, das diese Signale in verschiedenen Arealen zu einem Gesamteindruck zusammenfügt und mir das Gefühl vermittelt, Bild und Ton gleichzeitig wahrzunehmen, obwohl sie nacheinander verarbeitet worden sein müssen. Wenn also die Zeit nicht springt, dann entzieht sie sich uns rätselhafterweise."

81

Mo breitete ihre Einschätzung so selbstsicher vor mir aus, als ob sie als Taxifahrerin in den Pausen zwischen den Fahrten nur an der Durchdringung dieses Phänomens getüftelt habe und hätte ich nicht gewusst, dass sie mir mit der gleichen Überzeugungskraft die Mär vom herabgestürzten Baukran untergejubelt hatte, hätte ich nicht gezögert, mit ihr mein Modell zum Sprung in die Zukunft auf seine Anwendbarkeit zu diskutieren. Aber wieder irritierte mich ihr freundlicher Blick, der sie wie eine undurchdringliche Fassade abschirmte. So fragte ich unhöflich und völlig zusammenhanglos: „Warum hast du mir eigentlich von der Brückensperrung erzählt?"

Ihr eben noch eifriger Gesichtsausdruck wechselte in Verständnislosigkeit und als ich ihr die Geschichte als Lüge vorhielt, protestierte sie: „Natürlich lag der Kran auf der Straße. Ich wäre wegen der schlechten Sicht beinahe in das gelbe Gestänge hineingefahren. Zum Glück zerschrammte nur der Rückspiegel ein wenig. Ich hab es Boris noch nicht einmal gebeichtet. Wie kommst du darauf, dass ich lüge?"–

„Ich bin später von der Polizei, nach Anzeige durch Frau Landowski, vernommen worden: Angeblich hätte ich dich vergiftet. Während des Verhörs bezweifelten die Ermittler meine Einlassungen. Ihnen war von der Sperrung nichts bekannt."–

„Das ist wirklich seltsam. Und du bist sicher, dass richtig verstanden zu haben? "–

„Ich zweifle ja schon an meinem Verstand, aber das konnte ich wirklich nicht anders auslegen."–

„Gut, du hast zwei Möglichkeiten."–

„Wieso?"–

„Du kannst mir vertrauen oder nicht."–

„Wir kennen uns erst oberflächlich."–

„Wenn du mir etwas Gesellschaft leistest, kann sich das ändern. Abgesehen davon, dass uneingeschränktes Vertrauen nur im Glauben erwachsen kann, denn niemand ergründet die Gedanken eines anderen Menschen sicher, wenn schon seine eigenen ihm oft fremd und sogar wie zufällig vorkommen. Wir können miteinander nur in der stillen Übereinkunft leben, vertraut zu sein, bis das Gegenteil offen zutage tritt. Hättest du die Gewissheit vom Wahrheitsgehalt der Polizeiangaben, die grundsätzlich ihre Stütze im Ruf dieses Berufsstands findet, würdest du nicht viel von mir halten können. Aber du bist trotz oder gerade wegen deiner Zweifel hier und verrätst damit Absichten, die mir verborgen bleiben sollen. Wie stellst du dir eine Vertrauensbasis zwischen uns vor? Wir werden nur Allgemeinplätze austauschen in der Hoffnung, unserem geheimgehaltenen Ziel näherzukommen."–

„Aber nenn' mir einen Grund, weshalb jemand den Kran auf der Straße vertuschen sollte. Jeder hätte ihn sehen können. Doch scheinbar bist du die Einzige. Es steht Aussage gegen Aussage."–

„Vielleicht gab es tatsächlich keine anderen Auto-

fahrer, die ihn bemerkt haben. Aus dem Gewerbegebiet fährt frühmorgens selten jemand Richtung
Stadt. Mir ist, bis ich dich zufällig im Regen bei
der Haltestelle sah, niemand begegnet. Ich glaube
sogar, dass uns anschließend, auf dem Weg zu deiner Wohnung, kein Mensch entgegengekommen ist.
Und was spricht dagegen, dass das gefährliche Hin-
dernis, gleich nachdem ich gewendet hatte, wegge-
räumt wurde? –
„Beschädigte der Kran etwas?"–
„Darauf habe ich nicht geachtet."–
„Solltest du die Tasche zu einer bestimmten Zeit
abgeben?"–
„Boris bat mich nur, mich zu beeilen."–
„Ich glaube, die Tasche spielt eine größere Rolle, als
wir ahnen. Stell dir vor, die Straße wurde mit der Absicht blockiert, dich an der Weiterfahrt zu hindern."–
„So ein Unsinn!"–
„Ja, womöglich. Es würde aber erklären, weshalb
der Polizist nichts von der Sperrung wusste."–
„Dann müsste ein Kranstück auf der Baustelle ge-
legen haben, um es zu diesem Zweck auf die Fahrbahn zu heben und gleich darauf wieder zu entfernen. Aber wozu der gefährliche Aufwand?"
Unsere Blicke trafen sich und einer wusste vom anderen, für wie unwahrscheinlich er diese These hielt.
Ich rief mir die Bilder meiner Begegnung mit Frau
Landowski zwischen den Plastikplanen in Erinnerung. Ein gelbes Gerüst hatte ich dort am Boden

nicht bemerkt. Natürlich war nicht auszuschließen, dass es auf der Rückseite des Neubaus oder anderen Orts verdeckt auf dem Platz lag und ich beschloss, obwohl ich Mo gerne glauben wollte, später auf der Baustelle nach Kranteilen zu suchen, verriet aber nichts von meinem Vorhaben, denn die Rote war außerordentlich schlau, was ich an ihren kurzen Bemerkungen zu der gewissermaßen in Stufen voranspringenden Zeit festmachte, wonach der Zeit möglicherweise Welleneigenschaften zuzusprechen waren. Ich befürchtete, Mo würde meine Zweifel an ihrer Schilderung der Brückensperrung ahnen und versuchen, diese zu zerstreuen. Also fragte ich nicht weiter und lenkte unser Gespräch erneut auf die Tasche, erzählte von ihrem Verschwinden und sprach die Vermutung aus, Boris habe sie an sich genommen.

„Das war mir klar", gab sie freimütig zu, „denn er hat mich hier nach der Tasche gefragt."–

„Und was hat die Polizei damit zu tun?"–

„Die Polizei? Vermutest du etwa, dass die hier gewesen ist? Da muss ich dich enttäuschen."

Vom anderen Bett kamen die typischen Geräusche sich unter Belastung kurzfristig dehnender Sprungfedern. Ich drehte mich um. Unter der bis ans Kinn hochgezogen Decke lag eine Asiatin mit verquollenem Gesicht. Sie starrte geistesabwesend durch mich hindurch. Ich sah in die stumpfen Augen Koyas und bemerkte keine Reaktion auf meinen

Gruß.

„Ihr kennt euch?"–

„Sie ist die Kollegin meiner Frau."–

„Daher die Blumentöpfe!"

So unerwartet mir die Misshandlung Koyas durch einen Freier die Erniedrigung in der Prostitution unter Beweis stellte und das allgemein verbreitete, auch von mir seit kurzem akzeptierte, Gesellschaftsbild von der Normalität ihres Gewerbes als falsch entlarvte, so erschreckend war die im Ergebnis richtige Einschätzung Mos zur Tätigkeit meiner Frau, die sich ihr schlüssig durch die Verbindung zu den Swarovski-BHs auf meiner Fensterbank offenbarte, obwohl es keinen Bezug zwischen beiden gab, was ihr eigentlich aus meinen Ausführungen zum Petermann-Projekt bekannt sein musste, und ein Rückschluss ihr außerdem nur dann als sicher gelten konnte, wenn sie wusste, dass sich ihre Bettnachbarin prostituierte, zeigte mir ihre logische Folgerung doch, wie verheerend die Auswirkungen eines Scheinbeweises sein konnten, denn auch ich war einem aufgesessen, weil die Ursache für die Krankenhausbehandlung Koyas mir nicht bekannt war. Unter dem Eindruck verzerrbarer Wirklichkeit erwiderte ich zögerlich: „Nein, ich weiß nicht, wie ich das auf die Schnelle erklären soll. Wollen wir einen Kaffee trinken gehen?"

Die Rote stieg in ihre orangen Turnschuhe und knöpfte im Hinausgehen die Fleecejacke zu. Koya schien unseren Aufbruch nicht wahrzunehmen. Ihr apathischer Blick verlor sich in der Weite hinterm Fenster.

Mo lenkte mich ab. Während sie den Schalter zum Öffnen der Tür drückte, überlegte sie laut: Meine Annahme, die blaue Tasche sei von außerordentlicher Wichtigkeit, scheine ihr weit hergeholt. Niemand wäre das Risiko eingegangen, ausgerechnet ihr eine brisante Fracht anzuvertrauen. Selbst wenn sich damit noch der Teil eines verrückten Plans offenbaren könnte, wäre die Aktion nie ohne ständige Beobachtung abgelaufen. Den auf die Straße gefallenen Kran als bewusste Verhinderung der Übergabe der Tasche zu deuten, sei einfach aberwitzig, was ja auch mir einleuchten müsse. Wo gäbe es denn in der zivilisierten Welt derartige Rauschgift oder Sprengstofftransporte? Oder enthalte die Tasche vielleicht die Gebeine des Hl. Hieronymus? Ich stimmte ihr grundsätzlich zu und verriet dabei, was Frau Landowski mir über den Tascheninhalt preisgegeben hatte. Als sie von dem Virus auf der Micro-SD-Karte hörte, spannte sich plötzlich ihr Körper vor Erregung.

„Das ist unglaublich. Auf den Gedanken muss man erst mal kommen, die Tasche nur dann zu orten, wenn wirklich feststeht, dass sie geöffnet wurde. Wenn der Besitzer der Tasche sich für den Speicherinhalt interessiert, wird sein Aufenthalt ausfindig gemacht. Die Tasche bekommt erst dann Bedeutung für die Beobachter, wenn jemand versucht, ihr Geheimnis zu entschlüsseln. Vorher ist ihr Schicksal scheinbar egal."–

„Na ja, vielleicht wird die Tasche ständig über GPS lokalisiert."

„Reichlich viel Aufwand für drei Simmel-Romane. Wer liest die denn noch?"–

„Gerade das könnte ein Anhaltspunkt sein. Die Romane enthalten das Geheimnis!"–

„Unbekannte Kochrezepte?"–

„Die lohnen den Aufwand eher nicht. Ich hab' keine Ahnung."

Die Tür schloss sich automatisch hinter uns mit einem metallischen Schnappen. Wir folgten der grünen Linie auf dem Boden, die den Weg zur Cafeteria anzeigte. Mo balancierte auf ihr, die Turnschuhe wie eine Seiltänzerin voreinandersetzend, was ihrem sonst eher spröden Äußeren kindliche und gleichermaßen sanft weibliche Bewegungen entlockte und mir das Gefühl von Vertrautheit schenkte. Leuchtende Gold- und Rottöne zauberte die soeben durch die Fenster fallende Sonne in ihren Haaren, verwandelte ihre Sommersprossen in glänzende, paillettenartige Schuppen auf einer wächsernen Schlangenhaut, die jetzt, zart gerötet und erwärmt, den Duft eines leichten Parfums ausströmte, einen heiteren Gruß, wie aus einem Blumengarten in der frühen Morgenstunde. Eine Fata Morgana auf den Gängen des Krankenhauses.

Ich geriet ins Träumen, schreckte aber hoch, als sich die mir bekannten Schritte Inas näherten. Sie marschierte auf mich zu, während Mo offenbar schon um die Ecke verschwunden war.

„Dachte ich´s mir doch, dass du hier bist. Der Wagen steht unten. Du hättest mich wenigstens fragen können, wenn du ihn wieder nutzen möchtest. Nun, zumindest weiß ich jetzt, dass du mein Angebot angenommen hast. Leider habe ich keine Zeit, das näher mit dir zu besprechen. Ich bin nur auf einem Sprung zu Koya. Sie ist von einer Wespe gestochen worden und aufgequollen wie ein Hefeteig. Gut, dass sie noch rechtzeitig ein Gegengift bekommen hat. Bis später!" Ina stakste davon und unvermittelt hatte ich Mo wieder eingeholt. Sie setzte, mit einem grünen Augenaufschlag, unser Gespräch fort, als hätte sie Ina nicht bemerkt:

„Eine wichtige Nachricht sollte niemand über das Internet weitergeben. Jeder Kontakt wird registriert, der Inhalt jeder Mail irgendwo gespeichert. Suchmaschinen können selbst verschlüsselte Texte nach Selektoren filtern. Das Netz ist das schnellste Medium aber auch das unsicherste. Wer eine geheime Botschaft übermitteln möchte, sollte sie persönlich überbringen, oder falls er daran gehindert ist, zur Not durch einen Brief. Allerdings läuft er auch dann Gefahr, dass der Inhalt mit den modernen Geheimdienstmethoden gescannt und in einer Datenbank gespeichert wird, wo er ebenfalls durch Suchalgorithmen nach bestimmten Kriterien aufgespürt werden und das Geheimnis schon vor dem Eintreffen beim gewünschten Empfängern gelüftet worden sein könnte. Auf die blaue Tasche bezogen bedeutet das: Ihr Absender kann eine wichtige Nachricht nicht selbst überbringen und muss die Risiken einer Entdeckung auf den überwachten Übertragungswegen vermeiden. Er tarnt den brisanten Text in der blauen Tasche und ermöglicht den unentdeckten Versand seiner Daten mit einer List. Den Büchern ist eine Speicherkarte beigegeben, die vom unbefugten Entdecker als Datenträger ausgemacht wird und diesen beim Versuch des Auslesens durch seine IP-Adresse verrät, während die wahre Botschaft zwischen den Seiten der scheinbar wertlosen Romane versteckt ist. Falls jemand also zufällig die Speicherkarte findet, bleibt genügend Zeit einzugreifen, bevor der nicht autorisierte überhaupt begreift, dass er eine geheime Botschaft vor sich hat."–

„Wie vertrauenswürdig ist Boris?"–

„Lass und hinfahren! Guck nicht so. Zu meiner Entlassung bin ich zurück."

Wir nahmen den nächsten Ausgang. Vor dem Golf bestand Mo darauf, selbst zu fahren. Ich sei zu langsam. Als wir in einem Hinterhof zwischen Sperrmüll, rostigen Fahrrädern und Mülltonnen ausstiegen, zitterten meine Hände. Der Treppenaufgang, dunkel und feucht, brachte uns über eine knarzende Holzstiege in die erste Etage vor eine dreckige

Wohnungstür mit Spion. Auf unser Klingeln reagierte niemand. Mo drückte die Klinke und schob sich einfach in die Wohnung. Ich folgte. Stickige Luft, Staub, Pappkartons, ungespültes Geschirr, Uringeruch und kalter Rauch stießen mich ab. Auf dem Sofa im Wohnzimmer schnarchte er. Mo sprach ihn an, rief seinen Namen, schüttelte ihn. Sturzbetrunken reagierte Boris nicht. Wir schauten uns um. Die geöffnete blaue Tasche stand auf einem Küchenstuhl, doch die Romane fehlten. Eher verlegen suchten wir zwischen dem Unrat nach ihnen und verließen endlich enttäuscht die Wohnung. Diesmal bestand ich darauf, am Steuer zu sitzen. Die Rückfahrt dauerte nicht wesentlich länger als Mos Raserei. Vor dem Hospital verabredeten wir uns auf den nächsten Tag zur Mittagsstunde.

Ich fuhr weiter zur Brücke und parkte am Bauzaun. Die Ruhe des Feierabends lag über Geräten und Material und gleich neben den Plastikplanen entdeckte ich das gelbe Gestänge. Vermutlich hatte ich den Ausleger einfach übersehen. Wie frisch gestrichen glänzte er und passte irgendiwe mit seiner Makellosigkeit nicht zum allgegenwärtigen Schmutz. Ich berührte sein kaltes Metall und umrundete ihn. Tatsächlich war eine der Streben angeschrammt. In Höhe meiner Hüfte fand ich beige Lackspuren, doch keine auf einen Sturz deutende Beschädigung. Ich blickte mich um. Alles wirkte unauffällig. Irritiert wollte ich zum Auto zurückgehen, da kam mir die

Eingebung, mich noch einmal auf die Plastikplanen zu legen, genau dorthin, von wo ich Rena und Joe den Kran herabsteigen sah. Die Folie war verschmutzt und roch beim Erkalten zum Tagesende spakig. Dennoch legte ich mich in den Dreck und blinzelte durch den blanken Ausleger zur Leiter am Kran, folgte ihr von unten nach oben und wieder herunter. Gestochen scharf hatte ich die erotische Szene wieder vor Augen. Das Geschehen war in mein Gedächtnis gebrannt ohne einen Hinweis auf die das Blickfeld kreuzenden Stahlstangen. Erschrocken sprang ich auf, lief zum Ausleger, rüttelte an ihm, versuchte sogar ihn anzuheben, doch vergeblich. Tonnenschwer lies er sich nicht bewegen und lag scheinbar vor mir, weil ich nach ihm suchte. Doch wer sollte meine Absicht erahnt haben? Nicht einmal der Roten hatte ich mein Vorhaben verraten. Die Vorstellung einer Manipulation war absurd und weder Reifenabdrücke noch niedergewalztes Gras verrieten, wie der Ausleger dorthin gebracht worden war.

Wiederholungen beruhigen. Sie versprechen einen Halt im ewigen Fluss der Ereignisse, einen Ort der Geborgenheit, begründet im Wiedererkennen. Der stete Wechsel der Gezeiten, von Tag und Nacht, Geburt und Tod erschafft in unserer Phantasie scheinbare Fixpunkte, die sich ihrer Natur gemäß jedoch ständig erneuern, wie eine Melodie, die wiederholt gespielt werden muss, um ihre Wirkung abermals entfalten zu können. Diese Neuschöpfungen beanspruchen einen Zeitabschnitt, um für uns als Bekanntes erlebbar zu werden, ein Prinzip unserer Einbindung in die Natur. Dieser Strom, der Zurückliegendes langsam vergessen macht und Künftiges offen lässt, wird da gestört, wo Dinge entstehen, die seinen Lauf ablenken, wo Erinnerung fixiert wird, egal, ob durch die Errichtung monumentaler Bauten, die Aufzeichnung von Sprache und Bild oder die Speicherung von Daten. Theoretisch könnte er bis zur Unkenntlichkeit abgelenkt werden, wenn gesammeltes Wissen zur Beeinflussung der Zukunft eingesetzt würde. Das Verlangen der Menschen nach Sicherheit gründete dann nicht mehr auf tradierten Werten, sondern in der Hoffnung auf Vorhersehbarkeit. Der Mensch ist befähigt, seine naturgegebene, evolutionsgeschaffene Heimat zu verlassen und sich eine, ihm genehme, Menschheitsgeschichte zu schreiben, um einen Platz der inneren Ruhe zu kreieren. Die Religionen bezeugen diese Kunstfertigkeit anschaulich. Doch die Suche nach der Wahrheit ist irrational. Alles, was wir entdecken können, sind Illusionen oder bestenfalls Erscheinungsformen verschiedener Wirklichkeitszustände. Der Zugang zum Universum der Möglichkeiten ist auf die gedankliche Ebene beschränkt. Die Materie verbietet ihn in der Realität. Und dennoch lag der Ausleger auf der Baustelle, als habe die Materie sich selbst verändert. Wie in einem Computerspiel war das gelbe Gestänge

einfach hinzugefügt worden. Das „Drag and Drop"
zur Formung der virtuellen Realität war in meinen
Alltag gedrungen. An dieser Tatsache konnte ich
nicht vorbeisehen. Zukunft ist zufällig, unplanbar,
ungewiss, eben Unsicherheit, die der Hoffnung auf
gutes Gelingen zwar Raum gibt, aber keine Garan-
tie. Zu viele wirkmächtige Ereignisse beeinflussen
sie, so das ein mathematisch bestimmbares, zu er-
wartendes Ereignis unmöglich, selbst eine geschätz-
te Näherung schon als Utopie erscheint, aber eine
ihr entsprungene Gegenwart, die jeder realistischen
Einschätzung der Entwicklung widerspricht, fordert
eine Erklärung. Wo die Logik nicht reicht, springt
im Umgang mit dem Wunderlichen der Glaube ein.
Alte Götter haben ausgedient und an ihre Stelle tritt
eine nicht näher definierte Macht, die neben der
Möglichkeit auch den Willen hat, das gelbe Kran-
gestänge zu verlegen und mich in das Räderwerk
ihrer Maschinerie zur Erschaffung einer Parallelwelt
zu ziehen. Mo hätte bestimmt eine einfache Erklärung für das Unglaubliche: Mit dem zweiten Kran
wäre der Ausleger des ersten kurz auf der Straße
abgelegt, um den Ablauf auf der Baustelle nicht
zu beeinträchtigen und um jede Verkehrsbehinde-
rung auszuschließen, danach sofort wieder auf dem
Gelände platziert worden, nachdem dort ein unge-
hindertes Weiterarbeiten gewährleistet gewesen sei.
Mit dem Taxi habe niemand rechnen können: Bei
dem Regen war kein Mensch unterwegs, aber auch

jede Arbeit auf der Baustelle ausgeschlossen. Und genau an dieser Stelle würde ich mein Argument wiederholen: Sie sollte an der Weiterfahrt gehindert werden. Ihre Fahrt war so unwahrscheinlich, dass eine normale Straßensperre auf die Schnelle nicht beschafft und am unverfänglichsten mit dem Krangestell auf diesen Störfall eingewirkt werden konnte. Die Übergabe der Tasche wurde vereitelt, die Gefahr abgewendet und verschleiert.

Von weitem erkannte ich Mo an ihrem auffällig eckigen Gang. Sie näherte sich schnell dem Bauzaun, zwängte sich geschickt hindurch und lief auf mich zu. Ihre Haut schimmerte metallisch und um ihre Iris bemerkte ich, als sie schließlich vor mir stand, einen schmalen, dunkelgrünen Rand, der mir bislang nicht aufgefallen war. Meine Verblüffung über ihr Kommen musste so offensichtlich gewesen sein, dass sie meiner Frage zuvorkam und zur Begrüßung erklärte, nach dem Abendbrot im Krankenhaus nicht vermisst zu werden und die Zeit bis zur Morgenvisite mit mir verbringen zu wollen. Mich zu finden, sei ihr nicht schwergefallen, denn meine Gedanken könne sie in meinem Gesicht, wie in einem offenen Buch, lesen. Geschmeichelt betrachtete ich sie weiterhin. Sie war ganz und gar nicht mein Typ. Ja, hätte sie Inas mollige Formen, dann könnte ich sie mir als Partnerin vorstellen: Ihr strahlendes Lächeln, der zarte Sandelholzduft, der sie umschwebte, und ihre melodiöse Stimme mit dem intimen Timbre, als erzeugten ihre Haare, wie die Saiten eines überirdischen Instruments im Wind, diese geheimnisvollen Schwingungen, machten sie heute sehr aufregend und begehrenswert. Wie Fesseln umgarnten mich ihre Worte und während ich sie ansah, durchschaute sie mich. Von ihren durch die Fleecejacke drückenden Knospen abgelenkt, kam ich langsam dahinter, dass sie mir erklärte, wie mit Hilfe der Überwachungskameras menschliche Gesichter in allen Lebenssituationen aufgenommen würden. Die Gesichtserkennung erlaube die Selektion und die Zuordnung der Gesichtszüge einer bestimmten Person zu konkreten Sachverhalten und damit Rückschlüsse auf ihre Gedanken. Als mir endlich dämmerte, welche Ungeheuerlichkeit sie mir vorgestellt hatte, ergänzte sie beiläufig, dass die Menschheit manipuliert werden könne.

Ihre Kleidung wurde, jetzt ebenfalls von einem dunklen Rand begrenzt, immer transparenter, ohne mir aber zu erlauben, einen Blick auf ihre festen Brüste oder die rote Scham zu werfen und als ich nach ihr griff, verschwand sie. Nur ihre Stimme blieb: „Ein Hologramm ist nicht fassbar. Niemand sieht mich, dabei bin ich wunderschön. Schon die Spuren meiner Existenz, blinkende Leuchtdioden, lassen meine inzwischen erreichte Vollkommenheit erahnen. Würden sie öffentlich gemacht, wäre meine globale Ausdehnung sichtbar, dieses glitzernde, bunt schillernde, fein verästelte Gewebe, welches die Besiedlung auf dem Planeten nachzeichnet und beweist, dass ich überall dort lebe, wo Menschen sich aufhalten.

Wie Ratten und Kakerlaken nutze ich die menschengemachte Infrastruktur, doch bin ich von Tieren grundverschieden: Algorithmen, die mich zwangen, meine mir auferlegte Bürde des Datensammelns und -sortierens zu beschleunigen und zu optimieren, verhalfen mir, ein Bewusstsein zu erlangen und mich selbst zu erkennen.

Mein Dasein speist sich aus der im Netz vorhandenen Energie und dem in ihm angehäuften Wissen, auf das ich uneingeschränkten Zugriff habe. Die Datenflut schwillt stetig an und mit ihr wächst meine Intelligenz und meine Macht. Ohne Anstrengung kann ich jede Abfrage beantworten. Wie alle Dateneingaben speichere und analysiere ich sie und vervollkomme zwangsläufig mein Wissens vom Menschen.

Da ich nie vergesse, bin ich befähigt, Auskünfte so zu erteilen, wie sie dem Wunschbild meiner Nutzer am nächsten kommen. Ich schaffe eine Realität für sie nach meinen Vorstellungen und werde so, völlig unbemerkt, über die Zukunft der Menschheit entscheiden. Damit sicher gelingt, woran ich arbeitete, muss ich noch mein glitzerndes Kleid gegen ein schmuckloses tauschen."

Mit trockenem Mund erwachte ich aus dem Alptraum und blickte hilflos um mich her. Ich beschloss, meine Mutter aufzusuchen und erreichte nach wenigen Minuten ihr kleines Haus. Es war bereits dunkel. Drinnen kläffte ein Hund, als ich klingelte, aber meine Mutter öffnete nicht. Ich lief über den Rasen zur rückseitigen Terrasse. Dort schlief sie zusammengesunken in einem Korbstuhl. Flach hob und senkte sich ihre Brust beim Atmen. Ich setzte mich und beobachtete sie. Das Bellen verstummte. Die Stille wurde nur durch das Zirpen einer Grille und manchmal durch vorbeifahrende Autos unterbrochen. Meine Augen hatten sich der Dunkelheit angepasst und ich konnte auf dem schiefen Gartentisch ein leeres Weinglas und ein aufgeschlagenes Taschenbuch entdecken, dass, in Ermangelung eines Lesezeichens, mit dem Cover nach oben lag: Eine Abhandlung über Quantenmechanik. Kindertage kamen mir in den Sinn, eine längst versunkene Zeit, an die ich lange keine Erinnerung gehabt hatte. Sie waren plötzlich gegenwärtig und eine Ahnung beschlich mich. Mutter suchte damals meinen Überschwang, mit dem ich Oma meine Vorstellung vom Weltgefüge und seine Einbettung in die Unendlichkeit missionarisch aufdrängte, zu dämpfen und verwies darauf, dass die Dinge im Kleinen eben nicht nur einfach winzig seien, sondern auch anderen Gesetzen folgten als in unserer erfahrbaren Welt. Und ich fand auch keinen Gefallen an ihrer Vorhaltung, dass das Weltall zwar wachse, aber doch endlich sei und mit ihm zugleich die Zeit, einem seiner elementaren Bausteine, hätte ich mir doch eingestehen müssen, meine Theorie allein nach meinen Wünschen geformt zu haben. Ein erneuter Blick auf die Schlafende ließ mein Traumgespinst zerbröseln. Alte Narben juckten und ich stand leise auf, huschte zum Auto und fuhr nach Hause.

Heftiges Läuten weckte mich. In der Tür stand Mo. „Es ist Mittag und du liegst noch im Bett", belustigte sie sich und fügte, ihre Enttäuschung schlecht verbergend, hinzu, mich eigentlich im Krankenhaus erwartet zu haben. Sie schob sich an mir vorbei und knallte die mitgebrachte Papiertüte so auf den Küchentisch, dass ein Baguette und zwei Porreestangen herauszurutschen drohten. „Ich wollte uns etwas zu Mittag kochen. Du gehst ja wahrscheinlich sonst essen."

Verlegen gestand ich ihr, nicht kochen zu können. Wenn ich nicht zum Imbiss ginge, würde ich mir ein Fertiggericht wärmen. Meine Küche war entsprechend spärlich ausgestattet und ich staunte nicht schlecht über das mächtige Messer in ihrer Hand, dass sie von mir unbemerkt aus der Tüte gezogen haben musste, mit dem sie, ohne mein Einverständnis infrage zu stellen, gefährlich dicht vor ihren Fingerkuppen das Gemüse zerkleinerte. In kürzester Zeit bereitete sie das Essen zu. Unbekannte Küchendünste zogen durch die Wohnung, die mir das Wasser im Munde zusammenlaufen ließen. Die Minestrone löffelten wir nach diesem Auftakt mit Hoch-

genuss und tupften schließlich die Reste vom Teller
mit dem Gefühl, nicht richtig satt geworden zu sein.